郑育斌教你轻松猜灯谜

郑育斌 张红雄◇主编

海峡出版发行集团 THE STRAITS PUBLISHING & DISTRIBUTING GROUP | 鹭江出版社 LUJIANG PUBLISHING HOUSE

2015年 · 厦门

图书在版编目(CIP)数据

郑育斌教你轻松猜灯谜 / 郑育斌，张红雄主编. —厦门：鹭江出版社，2015.12
ISBN 978-7-5459-1028-5

Ⅰ.①郑… Ⅱ.①郑… ②张… Ⅲ.①灯谜—基本知识—中国 Ⅳ.①I207.7

中国版本图书馆 CIP 数据核字(2015)第 296873 号

ZHENGYUBIN JIAO NI QINGSONG CAI DENGMI

郑育斌教你轻松猜灯谜

郑育斌　张红雄　主编

出版发行：海峡出版发行集团
鹭　江　出　版　社
地　　址：厦门市湖明路 22 号　　**邮政编码**：361004
印　　刷：福建新华印刷有限责任公司
地　　址：福州市福新中路 42 号　　**邮政编码**：350011
开　　本：700mm×1000mm　1/16
插　　页：4
印　　张：7.75
字　　数：106 千字
版　　次：2015 年 12 月第 1 版　　2015 年 12 月第 1 次印刷
书　　号：ISBN 978-7-5459-1028-5
定　　价：28.00 元

央视《中国谜语大会》评委席（中为郑育斌）

郑育斌、《中国谜语大会》总导演刘帆为“国际中学生灯谜邀请赛”（江苏·常熟）金、银奖代表队颁奖

首届中华灯谜文化节笔试现场

央视《中国谜语大会》比赛现场

第二届中华灯谜文化节华山国际谜会“中华灯谜之最”发布会

福建省第九届灯谜文化节展猜场面

2015年广东省佛山市南海区青少年灯谜擂台赛合影留念

第二届中国（常熟）江南文化节董浜·徐市灯谜艺术展全体参会人员合影

前　言

近年来，在追求传统文化回归的时代背景下，随着中央电视台《中国谜语大会》和各地电视台灯谜节目的陆续播出，海内外华人中掀起了一股“灯谜热”：国际性、全国性、区域性谜会频繁举办，无国界的网络灯谜活动日趋活跃，越来越多的学校开展了灯谜进校园活动……

灯谜艺术之所以历经千年仍受到人们喜爱，是因为它熔知识性、趣味性和艺术性于一炉，具有独特的艺术功能。灯谜的艺术功能，可以概括为以下几个方面：

——灯谜是“脑保健操”。灯谜是聪明人的艺术，也是使人聪明的艺术。猜谜并不是对字词的简单解释，也不是对问题的直接回答，而是按照谜面和谜目的要求，经过一系列复杂的思维活动去探索谜底，所以猜谜能够锻炼思维，激发大脑潜能，帮助人们摆脱习惯思维的束缚，对智力发展大有裨益。

——灯谜是“大百科全书”。各种社会科学和自然科学的知识，都可以通过某种创作手段嫁接到灯谜中来。而灯谜所具有的无穷趣味性，能刺激人们广泛涉猎百科知识。人们常叹服猜谜高手知识面广，那是因为他们平时阅读了大量书籍。可见，猜谜能促使人们博览群书，逐步积累起丰富的知识。

——灯谜是“精神游乐园”。一则好的灯谜所猜出来的谜底，往往出意料之外又入情理之中。人们在猜谜时，往往要经历一个“众里寻她千百度，蓦然回首，那人却在灯火阑珊处”的思维过程，形成茅塞顿开式的心理体验，令人回味不已。妙趣横生的灯谜，往往让人陶醉其中、乐而忘返。

——灯谜是“汉字显微镜”。灯谜根植于中华民族文化土壤中，是以汉字的形、音、义及其变化为依据创作出来的。汉字的各种精妙之处，在灯谜中得到了最为完美的演绎，也得到了最为全面、最为深刻的体现。因此，猜谜不仅能让我们充分感受汉字的神奇魅力，还能帮助我们辨清汉字的形、音、义，提高书写和使用汉字的能力。

——灯谜是“文艺轻骑兵”。虽说灯谜是一门品位较高的艺术，但一般性灯谜活动的开展简便易行，对人力、物力、财力及场地等的要求并不高，因而有关部门经常将灯谜作为宣传教育活动的一种形式，有些企业、商家也将灯谜活动作为一种广告、促销的有效手段。

——灯谜是“课程资源”。实践已经证明，猜谜能激发学生的学习兴趣，提高学生学习成绩和综合素质。新一轮基础教育课程改革自21世纪初全面启动以来，许多中小学校为发掘新的课程资源，将目光投向中华传统文化。在课程资源开发的热潮中，部分学校开设了灯谜题材校本课程，灯谜艺术随之进了课堂，成为素质教育的亮点。

近年来，全国各地的灯谜活动更加频繁，越来越多的读者对灯谜产生了浓厚兴趣，他们希望能有一册适合自学的灯谜入门读本，为此，我们编写了这本书，供初学灯谜者自学之用。本书刚好18讲，因而也非常适合作为全国各地中小学校灯谜选修课教程和中小学生灯谜学案。

编写说明

作为灯谜入门读本，本书的编写力求规范、简明、实用，目的是让初学者能够以最短的时间较为系统地掌握猜谜制谜基本知识。下面就本书的编写作一些必要的说明。

一、框架结构

全书共四个单元，基本按照“总—分—总”的结构进行编写：第一单元介绍灯谜最基本的常识，目的是让初学者从整体上对灯谜有一个初步的认知；第二单元是本书的主体，侧重从猜谜的角度介绍灯谜的基本法门和具体谜法；第三单元介绍两种特殊形式的灯谜——用格的谜和花色谜；第四单元介绍灯谜创作常识和组织开展灯谜活动的有关知识。

全书共18讲，初学者可利用闲暇时间自学，轻松掌握猜谜制谜基本知识。

二、内容编排

本书遵循由浅入深、循序渐进原则，每一讲的内容基本按照“导入激趣—谜法介绍—谜例剖析—应用指引—猜射训练—阅读拓展”的步骤来编排，将“讲练结合，活学活用”的指导思想贯穿始终。内容的编写坚持以学习者为主体，以快乐学习为主线，充分考虑了初学者的理解能力和接受能力。书中所选谜例题材广泛，既着眼于继承传统文化，又注意展示时代风貌。所选谜例均作了细致、生动的剖析，有利于初学者理解感悟猜谜诀窍。

三、栏目设置

书中每一讲根据实际情况灵活设置了以下栏目：

《谜宫初探》栏目主要起导入激趣作用。

《谜宫探幽》栏目详细介绍灯谜的基本法门和具体谜法。

《小试牛刀》栏目着眼于知识的迁移和运用，目的是巩固灯谜知识、提高猜谜能力，并体验学习灯谜的乐趣。

《漫步谜宫》栏目主要是让初学者对一些易混淆、易出错、易忽略的重要知识点进行比较辨析，同时给初学者安排一些训练题，并提出一些灯谜活动建议。

《资料卡片》栏目主要选录了猜谜制谜必备的一些资料，目的在于拓展知识，促进初学者广泛阅读和积累知识。

《故事长廊》栏目选编了名人灯谜故事、民间益智故事等与灯谜相关的趣味性故事，增强了可读性和知识性。每个故事后面都有“阅读点拨”，帮助初学者深化理解。

另外，《部分参考答案》附在《附录》后，方便读者自我测试，检验学习效果。

目录

第一单元 初识灯谜

灯谜是一门综合性艺术。猜谜制谜固然需要一定的知识储备，但更重要的是掌握它的规律和技巧。也许大家平时会发现，有些人文化程度并不是很高，但他们在谜台前能猜出好多灯谜，甚至还能制作一些灯谜让人猜射。然而，有些人学历并不低，面对灯谜却不知从何下手，虽有满腹才学但在谜台前无从展示。出现如此反差的原因，在于前者摸清了灯谜的门道，而后者尚未掌握猜谜制谜的一些基本技巧。

其实，掌握猜谜制谜的技巧并不是什么难事，只要我们愿意接触灯谜、了解灯谜并多读书、多积累，就能够尽情遨游于广阔的谜海中，有效地促进知识水平和思维能力的提高。

第1讲　揭开灯谜的神秘面纱

●谜宫初探

生日聚会（字一，9笔）

灯谜是一种精致的微型文学作品，篇幅虽小，但有不少讲究。今天，我们一起来了解灯谜究竟是一门什么样的艺术。

●谜宫探幽

一、灯谜的基本结构

一则完整的灯谜作品，通常由谜面、谜目和谜底组成（见下图）。谜面、谜目和谜底被称为灯谜三要素。

牛过独木桥（字一）生
↓　　　　　↓　　↓
谜面　　　谜目　谜底

（一）谜面

谜面是已知条件，是寻求谜底的依据。谜面一般是文字，字数不限。但是，有一类特殊的灯谜叫花色谜，它的谜面不是文字，而是图案、印章、符号、音像、动作或实物等，这类灯谜数量较少。

（二）谜目

谜目限定谜底的范围，指示猜射的方向。完整的谜目应该带有数量词，如“字一”“唐诗一句”“中药名二”或“猜一字”“打一句唐诗”“打两个中药名”等。在书写或刊登灯谜时，谜目中的数词“一”可以省略，但如果是“二”以上的数词就不能省略。

（三）谜底

根据谜面和谜目而设定的答案，就是谜底。大部分灯谜只有一个谜底，如果谜目注明“二”“三”“四”等就会有多个谜底。

谜底中的字绝对不能与谜面上的字相同。

因创作的需要，有一些灯谜使用了谜格。书写或刊登时，谜目与谜格之间一般用间隔号或逗号隔开（见下图）。

相见不相识（哲学名词一·卷帘格）人生观

↓ ↓ ↓ ↓

谜面 谜目 谜格 谜底

这则灯谜之所以标注卷帘格，是因为谜底“人生观”必须倒过来读作“观生人”，并理解为“看到陌生人”，才能扣合谜面“相见不相识”。

当灯谜写上谜笺时，谜格通常写在谜目之前。另外，在一些地方，谜笺上还标注了谜号（见下图）。

寒石

相见不相识

卷帘格 哲学名词一

图中的“寒石”是谜号。谜号类似笔名，用来表示某则灯谜是由某个人创作的。

二、灯谜的别解

别解是对字词进行曲解。也就是说，谜面或谜底的某些文字，不能按照通常语义去理解，而是要利用汉语文字一字多义、一词多义的特点进行曲解。通过别解，谜面和谜底的一些字词不按原意解释而引出了歧义，所以猜出谜底后能让人感到“出意料之外，入情理之中”，从而产生无穷趣味。

别解是灯谜的本质属性，所有灯谜都要有别解。灯谜中的别解，有的是谜面别解，有的是谜底别解，有的是谜面、谜底都别解。谜例如下：

1. 恐龙（字一）惶

这是谜面别解。“恐龙”本指一种动物，在这里别解为“怕王”（我国封建社会以龙作为帝王的象征），“怕”与“王”组合起来就是“惶”。

2. 伟大祖国（硬笔书法家一）庞中华

这是谜底别解。“庞”本指姓氏，在此别解为“大”。这样，谜底的意思就变成“庞大的中华”，正好照应谜面“伟大祖国”。

3. 十分出彩（戏剧名词一）角色

这是谜面、谜底都别解。“十分”别解为“十分钱”（即一角钱）。“角”本指演员或演员在戏剧中扮演的人物，在此转指货币单位。“出彩”别解为“露出多种颜色”，扣“色”。

有些灯谜利用汉字中的多音字，通过别读形成别解。例如：

4. 走万里路（银行职务一）行长

“走万里路”是说行走的路很长，所以谜底是“行长”。谜底中的“行”本指银行，读音是“háng”，别读为“xíng”后，意思变成“行走”；“长”本指首领，读音是“zhǎng”，别读为“cháng”后，意思变成“遥远”。

三、灯谜的顿读

灯谜中的顿读，是指谜面或谜底的词语不按正常的音节进行断句，原来停顿的地方不停顿，原来不停顿的地方却停顿了，使谜面或谜底产生歧义，形成别解。并不是所有的灯谜都要进行顿读，只有部分灯谜需要重新断句来形成别解的时候才进行顿读。顿读有谜面顿读和谜底顿读两种情形，比较常见的是谜底顿读。谜例如下：

1. 引进人才变化大（字一）一

这是谜面顿读。谜面本读作“引进人才/变化大”，在此顿读为“引进人/才变化大”这样，谜面就可以别解为“引来‘人’字才变为‘大’字”，由此推断出谜底是“一”。

2. 战战兢兢来溜冰（公共场所警示语一）小心地滑

这是谜底顿读。谜底本读作“小心/地滑”，在此顿读为“小心地/滑”。“战战兢兢来溜冰”就是小心地滑行。

四、灯谜与谜语的区别

谜语古称“隐语”“廋（sōu）辞”，它萌芽于远古时代。灯谜是在谜语的基础上演变而来的，并逐渐从谜语中独立出来。灯谜有“文虎”“灯虎”“春灯”等别称，所以猜灯谜又叫“打虎”“射虎”“商灯”等。

一般认为，谜语包括事物谜和文义谜。在今天，人们所说的谜语通常指事物谜，即民间谜语；而人们所说的灯谜，通常专指文义谜。为了帮助大家理解事物谜与文义谜的区别，我们来看以下谜例：

1. 麻房子，红帐子，里面睡个白胖子（农作物一）花生

这是一则事物谜，即民间谜语。谜面以歌谣的形式，用拟人手法描述了花生这种果实的形状特征，让人们通过形象化的描述去寻找谜底。

2. 不识牡丹是何物（农作物一）花生

这是一则文义谜，即灯谜。“不识牡丹是何物”是说对牡丹花感到陌生，所以谜底是“花生”。这则灯谜的谜面没有涉及花生这种果实的任何形状特征，“花生”这个词在谜中只是一个纯粹的名词，词义也别解为“对花感到陌生”。

●小试牛刀

1. 抽水泵（字一，5 笔）
2. 点心（字一，少笔）
3. 又进村里（字一，9 笔）
4. 旭日腾空鸿鸟飞（江西城市一，2 字）
5. 泼水节（字一，5 笔）
6. 千里戈壁（湖南城市一，2 字）
7. 无人驾驶（交通工具一，3 字）
8. 教钢琴（军事名词一，2 字）

●漫步谜宫

一、想一想

灯谜的别解有点像脑筋急转弯题，但它严密的逻辑性是脑筋急转弯题无法比拟的。请你搜集一些脑筋急转弯题，感受一下它们与灯谜有什么不同。

二、猜一猜

1. 孩子丢了（字一，6 笔）
2. 烛火光（字一，6 笔）
3. 恻隐之心（字一，6 笔）
4. 灾后无雨雪（字一，7 笔）
5. 湖光水月（字一，5 笔）
6. 小姑娘（字一，7 笔）
7. 无所不精（鸟名一，2 字）
8. 孤军奋战（体育比赛名词一，2 字）
9. 南方比较小（高校简称一，2 字）
10. 欢声笑语（学科一，2 字）

●资料卡片

常见谜目缩略词与其完整名称对照

灯谜中有些谜目经常以约定俗成的缩略词出现，初学灯谜者应有所了解。现辑录部分谜目缩略词于下，供对照识记。

影目/电影片名　　视目/电视剧片名
近人/近代人物　　时人/当代人物
聊目/《聊斋志异》篇名　　西厢/《西厢记》
五唐/五言唐诗　　七唐/七言唐诗
诗目/诗歌篇名　　刊名/期刊名称
市招/商家招贴广告中的词语　　三国人/《三国演义》人物
红楼人/《红楼梦》人物　　列人/《东周列国志》人物
水浒人/《水浒传》人物　　泊人/梁山泊好汉姓名
泊号/梁山泊好汉诨号

●故事长廊

曹操门上题“活”字

曹操手下有个官员叫杨修，担任主簿之职，办事能力很强。

曹操建相国府的大门时，让杨修负责监管工程。有一天，曹操到工地视察，刚好杨修不在现场。曹操在工地转了一圈，什么也没说，只是在门上写了一个“活”字就走了。杨修来到工地，见到门上的“活”字，马上叫工匠拆掉门重建，并吩咐要改窄一点。工匠们不解，询问原因，杨修说：“‘门’里添个‘活’不就成了‘阔’字吗？丞相是嫌门太宽阔了。”

阅读点拨：猜谜语是全世界各族人民共同喜爱的娱乐活动，但是建立在汉字的形、音、义基础上的灯谜，却是中华民族特有的。有资料证明，我国的谜语，从春秋时期的“隐语”“廋辞”算起，至今已有数千年历史。曹操门上题“活”字暗示门太阔，实际上是一则灯谜，这说明三国时期灯谜在一定程度上得到了应用。

曹操门上题“活”字

猜射指引 如果说象形体灯谜的谜面描绘的是一幅画，那么谜底就是所画之物。猜这类灯谜必须从字形入手，把谜面上的形象化描绘还原为字词或其构件，从而得出谜底。

（五）拟声体

谜体介绍 拟声体灯谜是通过模拟声音使谜面与谜底相扣合。

谜例剖析

1. 听起来好像十六（水果名一）石榴

“石榴”这个词的读音非常接近“十六”。

2. 鸡犬之声相闻（儿童食品品牌二）喔喔、旺旺

鸡叫的声音是“喔喔”，狗吠的声音是“旺旺”。

猜射指引 猜拟声体灯谜要善于抓住谜面上的关键字词，从读音入手，寻找相应的字词作为谜底。

二、灯谜的混合体

谜体介绍 大量的灯谜是多种谜体的混合。那些混合了多种谜体的灯谜，就是混合体灯谜。

谜例剖析

1. 二人手拉手，钢丝绳上走（字一）从

“二人手拉手”扣“从”，“钢丝绳”扣“一”。前者属于离合体灯谜扣合手法，后者属于象形体灯谜扣合手法。

2. 听听像爸爸，看看像妈妈（字一）毋

“毋”的读音是“wú”，听起来与“父”字读音相似——这是拟声体灯谜扣合手法。“毋”字的形态很像“母”字——这是象形体灯谜扣合手法。

猜射指引 混合体灯谜数量很多，猜此类灯谜对我们的综合能力要求较高。但是，只要我们熟练掌握五种基本谜体的猜射方法，就能够融会贯通，手到擒来。

上面介绍了灯谜的离合体、会意体、假借体、象形体、拟声体五种基本体裁以及灯谜的混合体。不管哪一种体裁的灯谜，谜面与谜底的扣合都要经过别解，因为没有别解不能成谜。一则灯谜属于什么谜体，谜面上不会注明，需要我们根据谜面和谜目去判断。另外，每一种谜体都有多种具体谜法，我们将在第二单元中进行学习。

●小试牛刀

1. 半耕半读（字一，6笔）
2. 挖西边补东边（字一，5笔）
3. 重逢（字一，6笔）
4. 已经晓得（昆虫一，2字）
5. 自成一说（唐代诗人一，2字）
6. 汉堡包（著名小说一，2字）
7. 上画眉毛下画鼻（字一，4笔）
8. 马蹄声中离别去（考试名词一，2字）

●漫步谜宫

一、想一想

《小试牛刀》中的8则灯谜分别属于什么谜体？

二、猜一猜

1. 斧头（字一，4笔）
2. 潮水退去（字一，12笔）
3. 一百减二（字一，5笔）
4. 奔走相告（田径名词一，2字）
5. 以前不认识（称谓一，2字）
6. 弹丸之地（字一，6笔）
7. 不敢高声语（文学体裁一，2字）
8. 请父亲通知祖母（俗语一，6字）
9. 雁阵云上飞（字一，6笔）
10. 弓箭（字一，4笔）

●故事长廊

毛泽东长征路上出灯谜

毛泽东喜欢诗词，也喜欢灯谜。在长征路上，毛泽东多次出谜让大家猜。有一次，他出了一则灯谜：慢慢走（猜一个人的姓名)。同志们开动脑筋想了好久,都没能猜出来。

一看众人猜不出谜底,毛泽东就笑着对红四方面军总指挥徐向前的警卫员康先海说:“小鬼,你也来猜猜嘛!”康先海暗想,毛泽东特地叫他猜,谜底可能是红四方面军同志的姓名。经过一番思索,康先海脑海中浮现出徐总指挥的名字,即刻大声说:“徐向前!”毛泽东点了点头,幽默地说:“小同志到底是警卫员,时刻不会忘记你的领导!”大家爆发出一阵欢笑声。

阅读点拨:“慢慢走(猜一个人的姓名)徐向前”是一则会意体灯谜。谜面“慢慢走”可以理解为“徐徐地向前行”,所以扣合“徐向前”。

第二单元　灯谜法门

灯谜法门是指猜谜制谜的方法和途径。灯谜的制作是利用汉字的形、音、义及其变化，遵循一定的规律进行选字、遣词、造句，使谜面与谜底发生巧妙的联系。猜谜与制谜的基本法门是相同的，制谜者用什么法门制作灯谜，猜谜者就要用什么法门去猜出谜底。我们要猜一则灯谜，首先应从谜面上判断这则灯谜是运用什么法门制作的，然后用同样的法门去寻求谜底。

灯谜有五种基本法门，即拆字法、会意法、借代法、象形法、拟声法。每一种基本法门都包含了一些具体的谜法。掌握了这些基本法门和具体谜法，我们就找到了进入“谜宫”的路径。本单元侧重从猜谜的角度介绍灯谜的基本法门和具体谜法。

第3讲　拆字法（一）

●谜宫初探

千里来相会（字一，9笔）

拆字法也叫“增损离合法”，是离合体灯谜所运用的法门。所谓拆字法，就是利用汉字可以拆拼的特点，对谜面或谜底的字、笔画、偏旁、部首进行增损离合，从而求得谜底的一种方法。拆字法主要包括合并法、分解法、增补法、减损法、选拼法、包含法、方位法、移位法、辗转法、排除法等具体方法。

●谜宫探幽

一、合并法

谜法介绍　将谜面上有关的字、笔画、偏旁、部首合并起来，使之构成谜底。构成谜底字词的笔画、偏旁、部首等构件，称为“字素”。

谜例剖析

1. 八点、九点、十点（字一）染

三个“点”就是“氵”。“八”“九”“十”与三个“点”合并起来便是“染”。

2. 长安一片月（字一）胀

谜面出自李白《子夜吴歌·秋歌》。“安”别解为“安放”。有了“长”，再安放一片“月”，就成为“胀”。

3. 自小在一起，目前少联系（字一）省

“自”与“小”合并起来是“省”，“目”的前头加“少”也成为“省”。“在一起”和“联系”是提示对有关字素进行合并，“前”是提示“少”所摆放的位置。

应用指引　谜例3中，本来“自小在一起”就已经可以扣合

“省”，但“目前少联系”又一次扣合了“省”。灯谜中，这种多次重复扣合谜底的情形叫复扣。复扣有利于避免一谜多底，也更有谜趣。

二、分解法

谜法介绍　将谜面上有关字词的笔画、偏旁、部首分解开来，从而求得谜底。如果说合并法是化零为整，那么分解法就是化整为零。

谜例剖析

1. 莘（成语一）三十而立

将“莘”字分解开来，正好是“十十立十”，也就是三个“十”和一个“立”，所以谜底是“三十而立”。“而”在谜底中起关联作用。

2. 闹（商业名词一）门市

将“闹”字分解开来，正好是“门”和“市”，所以谜底是“门市”。

3. 吝（成语一）出口成章

将“吝”字分解开来，正好是“口”和“文”。那么，“吝”字中的“口”出去后，就成为“文”。“文”有“章”的意思，所以谜底是“出口成章”。

应用指引　运用分解法制作的灯谜，绝大多数的谜面字数非常少，单字谜面占很大比例。因为谜面字数少，所以这类灯谜的谜面、谜底往往可以互换位置。比如，谜例1可以改为“三十而立（字一）莘”，谜例2可以改为“门市（字一）闹”，谜例3可以改为“出口成章（字一）吝”。当然，谜面与谜底互换位置并更改谜目之后，猜谜的方法就由分解法变成了合并法。

三、增补法

谜法介绍　在特定的字词、笔画、偏旁、部首的基础上，添加某些字、笔画、偏旁、部首，就能够变成另外的字词，根据这个特点就可以推断出谜底。

谜例剖析

1. 点滴积累方有为（字一）力

“点滴”看作两个“丶”。谜面是提示一个字要能够变成

“为”字必须添加两个“、”，由此可知这个字是“力”。

2. 掺进两粒丸，制成两颗丹（字一）册

“两粒丸”看作两个点。谜面是提示一个字如果添加两个点就能变成两个“丹”字，由此可知这个字是“册”。

3. 一来就得第二名（字一）业

第二名是亚军。谜面是提示一个字如果将“一”加进去就能够变成“亚”，由此可知这个字是“业”。

应用指引 用增补法制作的灯谜，猜射时必须注意抓住谜面中提示增补的字眼（如谜例1中的“积累”，谜例2中的“掺进”，谜例3中的“来”等），才能找到猜谜的正确思路。

●小试牛刀

1. 又到周末（字一，5笔）
2. 人在草木中（字一，9笔）
3. 笔（植物一，2字）
4. 合二而一（字一，9笔）
5. 行将就木（字一，10笔）
6. 有点点冷（字一，5笔）
7. 见点滴就学（字一，6笔）
8. 人人入座（字一，6笔）

●漫步谜宫

一、想一想

分析第3讲中有关谜例，说说合并法与分解法有什么不同。

二、猜一猜

1. 十二点（字一，4笔）
2. 日积月累（字一，8笔）
3. 十月十日来聚会（字一，12笔）
4. 家中添一口（字一，14笔）
5. 哧（化妆品一，2字）
6. 一定要帅（字一，6笔）
7. 合金钢（字一，4笔）

8. 一一补足（字一，9笔）

9. 与人方便（字一，7笔）

10. 各有风格（字一，8笔）

●故事长廊

纪晓岚题匾戏和珅

清朝才子纪晓岚能诗善文，通晓经史，生性诙谐，常以生花妙笔、如簧巧舌戏弄达官贵人，揶揄王孙公子。

据野史记载，大贪官和珅在他府中后花园建了一座书亭，为附庸风雅，特地邀请纪晓岚题写匾额。纪晓岚有意戏弄他，挥笔写下“竹苞”两个大字，暗笑而去。和珅以为这二字出自《诗经》的“如竹苞矣，如松茂矣”句中，是颂扬华屋落成、家族兴旺之意，于是非常高兴，令工匠将“竹苞”刻成匾额挂于书亭之上。

不久，乾隆皇帝御驾光临和珅府第，见到书亭匾额，大笑不已。和珅不解，乾隆解释说：“爱卿，纪晓岚是在骂你们家‘个个草包’呢。”和珅听了，哭笑不得，直骂自己糊涂，心中对纪晓岚恨得咬牙切齿。

阅读点拨：“竹苞”两个字拆成“个个草包”后，就从一个颂扬人的词变成一句骂人的话。以“竹苞”暗指“个个草包”，实际上是一则离合体灯谜，运用的是分解法。

“竹苞”匾额

第4讲　拆字法（二）

●谜宫初探

他去也，怎把心儿放（字一，7笔）

我们已经学习了拆字法中的合并法、分解法和增补法，下面我们继续学习拆字法的另外三种具体方法。

●谜宫探幽

一、减损法

谜法介绍　将特定的字词减去某些字、笔画、偏旁、部首，使之变成新的字词，从而构成谜底。

谜例剖析

1. 一落千丈（字一）仗

“千”中的“一”落去，就剩下“亻”。“亻”和“丈”组合起来就是“仗”。

2. 离别心惆怅（数学名词一）周长

“心”看作“忄”。离别了“忄”的“惆怅”，就剩下“周长”。

3. 背景分明（城市一）北京

“明”由“日”和“月”组成。“背景”分离掉“明”，就是减去“日”“月”，剩下的正好是“北京”。

应用指引　减损法的运用，有时要借助逻辑推理才能弄清楚需要减去哪些笔画、偏旁、部首。例如：

1. 暗香（字一）禾

这是对“香”进行减损：暗则无日，“香”减去“日”就剩下“禾”。

2. 春雨绵绵妻独宿（字一）一

这是对“春”进行减损：有雨则无日，妻独宿说明夫不在，

"春"减去"日"和"夫"就剩下"一"。

二、选拼法

谜法介绍 从谜面上有关字词中选取某些字素，将它们组合起来就成为谜底。构成谜底的字素，有的是笔画、偏旁、部首，有的是一个字的局部或残缺部分。

谜例剖析

1. 青一块，紫一块（字一）素

谜面是提示从"青"和"紫"两个字中各选取一块。那么，截取"青"的上部和"紫"的下部，组合起来就是"素"。

2. 半城柑橘半城梅（城市一）桂林

在"城""柑""橘""城""梅"五字中各选取一半，依次得"土""木""木""土""木"，这些字素组合起来就是"桂林"。

3. 断桥处残花片片（字一）枇

"桥"断后剩下"木"。"花"残缺后剩下"匕"。"残花片片"是提示取两个"匕"，也就是"比"（"比"字与"匕匕"的形状有微小差异，但可以忽略，因为灯谜的形扣可以从宽）。"木"与"比"组成"枇"。

应用指引 运用选拼法制作的灯谜，谜面上一般有"半""片""残""缺""损"等提示性字词，但选取哪个字素并没有直接说明，因而往往需要我们多次试选试拼之后才能猜出谜底。由于这类灯谜经常选取字的一半，所以谜界有些人士把这种情形专门归纳为"半形法"或"取半法"。

三、包含法

谜法介绍 谜面上的一些字词包含了某个相同的字或字素，我们把它提取出来便是谜底。如果包含的是相同字素，则该字素一般是偏旁、部首，而且这些偏旁、部首本身就是一个字。

谜例剖析

1. 党员高尚品格处处体现（字一）口

"处处体现"是提示"党员高尚品格"六个字中包含了相同的字素，把这个字素提取出来就是谜底"口"。

2. 琵琶琴瑟各成双（字一）王

在"琵琶琴瑟"四个字里面分别"成双"出现的字素，一望便知，显然是“王”。

3. 刘备有，张飞有，曹操有，人人都要有（字一）德

刘备字玄德，张飞字益德，曹操字孟德，三人的字中共同包含了“德”。“人人都要有”是说道德是每个人都应该有的，这从字义方面进一步确认谜底是“德”。

应用指引 从上面谜例可知，运用包含法制作的灯谜，作为谜底的字一般呈现在谜面的某些字词中，如谜例1、2。但是，像谜例3之类的灯谜，作为谜底的字并没有直观呈现，需要我们深入一层去挖掘，才能推断出谜底。

●小试牛刀

1. 挥手而去（字一，6笔）
2. 层云已散尽（字一，少笔）
3. 要说情，请出去（字一，10笔）
4. 旱天雷（字一，5笔）
5. 明月当空人尽仰（字一，8笔）
6. 需要一半留一半（字一，13笔）
7. 酸甜苦辣各味齐全（字一，少笔）
8. 他有你没有，地有天没有（字一，少笔）

●漫步谜宫

一、想一想

分析第4讲中有关谜例，说说增补法与减损法有什么不同。

二、试一试

运用合并法、分解法、增补法、减损法制作的灯谜，都可以借助数学的加减法来分析字形的增损离合，比如“背景分明（城市一）北京”就可以用等式“背景－明＝北京”或“明＋北京＝背景”来帮助我们确认谜底。请运用数学的加减法对合并法、分解法、增补法、减损法谜例的字形增损离合进行分析。

三、猜一猜

1. 张省长（字一，少笔）
2. 加工出口（字一，5笔）

3. 饥不择食（字一，少笔）

4. 宝玉出走，袭人无依（字一，8笔）

5. 那人却在，灯火阑珊处（字一，4笔）

6. 半价出售（字一，13笔）

7. 有一半，有一半，又有一半（常用词一，2字）

8. 断桥残雪入眼来（字一，17笔）

9. 前有后没有，明有暗没有（字一，4笔）

10. 琳琅珠玑处处有（字一，4笔）

故事长廊

字谜接龙乐开怀

祝枝山、唐伯虎、文徵明都是明朝著名的才子，他们还是好朋友。

据民间传说，有一回，祝枝山、唐伯虎、文徵明在一起喝酒，席间，祝枝山提议说："今天高兴，我出一个谜给你们猜，哪位猜不出，就让哪位请客。"接着他说出一个字谜："古代有，现代无。商周有，秦汉无。唐朝有，宋朝无。"祝枝山话音刚落，才思敏捷的唐伯虎马上接口说："我把你的谜底编成一个字谜：'善人有，恶人无。智者有，愚者无。听者有，看者无。'"文徵明不甘落后，也编了一个字谜："右边有，左边无。后面有，前边无。中间有，外边无。"酒店老板听三人说得热闹，也来凑趣："高个有，矮个无。嘴上有，手上无。跳着有，走着无。"三个人听了，与酒店老板一起大笑起来。

大家能够猜出他们四人所出字谜的谜底吗？

阅读点拨：运用包含法制谜，可以采用的素材非常广泛，即使是同一个谜底，也可制作出许多不一样的谜面。猜射此类灯谜的关键是读懂谜面中的提示词（如"有""体现""齐全""存在""能找到"等），然后到谜面有关字词中寻找它们共有的字或字素。显然，上面故事中四人所出字谜的谜底都是"口"。

第5讲　拆字法（三）

●谜宫初探

心存依赖，样样靠后（动画片人物一，3字）

此谜前半部分运用了增补法，后半部分运用的是我们今天要学习的方位法。

●谜宫探幽

一、方位法

谜法介绍　将谜面中某些字词按照上中下、左中右、前中后、东南西北中等方位，或者依据书写顺序的先后进行分拆，然后重新组成谜底。其中，东南西北四个方位要参照地图标识的方向来认定，即上北下南左西右东。

谜例剖析

1. 离开城西赴垄上（明星一）成龙

去掉“城”西边的“土”，就剩下“成”。提取“垄”字的上边，就是“龙”。

2. 先复制，然后粘贴（新词一）点赞

“先复制”是提示重复取“先”，则得“先先”。“然”字后边是“灬”。“粘贴”是提示取“贝”与“占”。“占”与“灬”组成“点”，“先先”与“贝”组成“赞”。

3. 陕西省西安人（字一）侠

“陕”字西边的“阝”省略掉，剩下“夹”。“夹”的西边安放“人”，就成为“侠”。

应用指引　在运用方位法时，有些灯谜把一个词看作一个整体来认定方位并进行拆拼。例如：

元宵前后共团圆（字一）期

这则谜把“元宵”一词看作一个整体，它的前边是“二”，后边是“月”。“二”“月”与“共”团圆便是“期”。

二、移位法

谜法介绍 对谜面上有关字词的笔画、偏旁、部首加以移动，使字词的结构形态发生变化，从而求得谜底。

谜例剖析

1. 人生有变，爱心犹在（字一）牵

“人生”一词的结构改变后，成为“大牛”。“爱心犹在”是提示取“爱”中心的“冖”。“大牛”与“冖”组合起来就是“牵”。

2. 兵分两处，杀上山来（称谓一）岳父

“兵分两处”是提示将“兵”字拆分成“丘”和“八”。“杀”的上头是“乂”。“丘”与“山”组成“岳”，“八”与“乂”组成“父”。

3. 如今分别在断桥（《红楼梦》人物一）娇杏

“如今分别”是提示将“如”字拆开，则得“女”“口”。“断桥”本指杭州西湖一个景点，在此别解为“‘桥’字断开”，因而得“木”“乔”。“女”“口”“木”“乔”可组成“娇杏”。

应用指引 运用移位法制作的灯谜，谜面上一般有“变”“改”“分”“别”等字眼，用来提示改变字词的结构形态。只要紧紧抓住这个特点，深入观察，细心拆拼，就不难猜出谜底。

三、辗转法

谜法介绍 转动某些字、笔画、偏旁、部首，改变其正常方向，使之形成新的形态，从而构成谜底。

谜例剖析

1. 盼望转干（交通工具一）巴士

“巴”有盼望的意思，所以“盼望”扣“巴”。“转干”本指由职工编制转为干部编制，在此别解为“转动‘干’字”，因而扣“士”。

2. 平反归来（字一）啬

“平反”是提示将“平”反转。“归来”意为“回”。反转的“平”与“回”组成“啬”。“啬”字上半部分与反转的“平”有微小差别，但可以忽略，因为灯谜的形扣可以从宽。

3. 妇女解放翻了身（字一）山

“妇”字中的“女”放弃后，剩下“彐”。“彐”翻转身，就是“山”。

应用指引 运用辗转法制作的灯谜，谜面通常出现“翻”“转”“反”“颠”“倒”等字眼，为我们指引猜射思路。辗转法与移位法的不同点在于：移位法通常是对字或字素进行平移，它们的形态有变化但方向一般没有改变；辗转法是对字或字素进行转动，既改变了字或字素的形态也改变了它们的方向。

四、排除法

谜法介绍 为了避免一谜多底，有的灯谜在谜面上提示猜谜者将容易猜到的谜底排除掉，引导猜谜者朝着正确方向去探求真正的谜底。

谜例剖析

1. 目字加两点，不作貝字猜（繁体字一）賀

这是一则古代灯谜。“目字加两点”本来可以猜“貝”（“贝”的繁体字），但谜面明确指出“不作貝字猜”，这就需要另寻谜底。仔细分析之后会发现，“目”“加”与两点正好组成“賀”（“贺”的繁体字）。

2. 日月一齐来，莫作明字猜，倘若猜明字，不是真秀才（字一）胆

正常情况下，“日月一齐来”是猜“明”，但谜面已强调不能猜“明”。只要细心观察，可以发现谜面上除了“日”“月”，还有“一”，三者可组成“胆”。谜面是民间谜语常用的五字四句式，后两句与谜底无关，但能增强语感和趣味性。

3. 半推半就，作掠字猜（礼貌用语一）请勿打扰

以“半推半就”猜一个字，既可猜“掠”，也可猜“扰”。谜面既然说猜作“掠”字，那就是在提醒人们：请勿猜作“扰”字。猜谜也叫“打虎”，所以谜底是“请勿打扰”。此谜是排除法应用的一种特殊情形。

应用指引 排除法最早运用于民间谜语，尤其在字谜中较常见。随着灯谜法门的多样化，应用排除法的灯谜已不多见。但排除法能够有效地避免一谜多底，保证谜底的唯一性，因而仍有实用意义。

●小试牛刀

1. 花前柳畔（字一，5 笔）
2. 床前明月光（字一，7 笔）
3. 昂首向前进（字一，5 笔）
4. 叩首叩首再叩首（字一，9 笔）
5. 转业归田中（字一，7 笔）
6. 小改革大变化（字一，6 笔）
7. 推心置腹（字一，4 笔）
8. 遇火燃烧，遇水挨浇，若猜尧字，智谋不高（字一，8 笔）

●漫步谜宫

一、想一想

分析第 5 讲中有关谜例，说说移位法与辗转法有什么不同。

二、猜一猜

1. 喜上眉梢（字一，7 笔）
2. 幸福的开端（字一，7 笔）
3. 北宋已亡南宋存（字一，8 笔）
4. 孔雀东南飞（字一，6 笔）
5. 另有机变（字一，6 笔）
6. 风月无边（数学符号二）
7. 先生前头才弯腰（字一，9 笔）
8. 人到三十呆样变（常见商品一，2 字）
9. 一大一小，勿猜尖字（字一，8 笔）
10. 画中不是田（字一，少笔）

●故事长廊

以字谜猜字谜

北宋政治家、文学家王安石学识渊博，才学过人。他有个朋友叫王吉甫，不仅诗作得好，还是制谜猜谜的行家。王安石与王吉甫经常在一起谈诗论谜，消遣娱乐。

有一天，王安石对王吉甫说："我昨晚睡不着，做了一个谜：'画时圆，写时方；冬时短，夏时长。'请你猜一猜究竟是哪个字？"王吉甫不愧是灯谜高手，略一思索便猜中了，但他不急于说出谜底，而是以字谜作答："东海有条鱼，无头也无尾，更除脊梁骨，便是你的谜。"王吉甫刚说完，王安石便大笑不已。原来，两人所出灯谜的谜底都是"日"。

阅读点拨：王安石的谜总的来说是会意体。"日"就是太阳。"画时圆，写时方"是说太阳画出来是圆形的，写成"日"字是方形的。"冬时短，夏时长"是说冬天日短，夏天日长。王吉甫的谜是离合体，运用了方位法和减损法。"东海有条鱼"是提示从"鱼"字去思索。"鱼"字无头也无尾就剩下"田"，再将"田"字中的"丨"（脊梁骨）去掉就是"日"。

第6讲　会意法（一）

●谜宫初探

啦啦队坐不住了（交通服务设施一，3字）

会意法也称“字义分析法”，是会意体灯谜所运用的法门。所谓会意法，就是通过分析字词含义、领会谜面意思去寻求谜底的一种方法。会意法主要有10种具体方法，即正扣法、反扣法、夹击法、运典法、承启法、问答法、运算法、漏字法、归纳法、分扣法。

●谜宫探幽

一、正扣法

谜法介绍　正面领会谜面意思，通过分析字义直接求索谜底。用正扣法制作的灯谜，猜射时不必拐弯抹角，只需根据谜面含义就可以直接推敲出谜底。

谜例剖析

1. 注意保护视力（口语一）小心眼

谜面其实是在提醒人们：小心你的眼睛！正面理解谜面的这一层意思便可猜出“小心眼”。谜底本读作“小/心眼”，在此顿读为“小心/眼”。

2. 黄连丸（五言唐诗一句）粒粒皆辛苦

黄连丸是由黄连等中药制成的一种圆粒形药物，味道苦。谜面可正面理解为“一粒粒的味道都是苦的”，据此扣合“粒粒皆辛苦”（“辛”有“苦”的意思）。

3. 垂涎三尺（语文名词一）顺口溜

谜面是一个成语，猜射时正面理解为“（口水）顺着嘴巴滑落”，即可扣合“顺口溜”。

应用指引　上述谜例在扣合时，谜底都做了别解。别解是灯谜的本质属性，即使是运用正扣法制作的灯谜，也必须对谜面或谜底进行别解，才能成为真正意义上的灯谜。

二、反扣法

谜法介绍 根据谜面意思，从相反或相对的方面进行思考而推敲出谜底。运用反扣法制作的灯谜，谜面与谜底会出现一些意义相反或相对的词（如白与黑、天与地、大与小、夫与妻、父与子等），有时还含有“无”“不”“非”“没”“莫”等否定词。

谜例剖析

1. 黑方告负（《水浒传》人物一）白胜

围棋的棋子分黑白两种颜色。既然黑方告负，那么通过反向思考就可以领悟出白方得胜，因此谜底是“白胜”。这则灯谜中，“黑”与“白”、“负”与“胜”都是一对反义词。

2. 莫待雨湿鞋（离合字一）赶干走

谜面是说要走路不要等到下雨时，反向理解便是“赶着路面干时走路”，据此扣合“赶干走”。离合字是会意体灯谜的一种特殊谜目。这则灯谜中，“湿”与“干”是一对反义词，“莫”是否定词。

3. 给爷爷让座（《水浒传》人物一）孙立

给爷爷让座的，自然是孙子。孙子让座之后，肯定是站着。根据这样的思路，我们可以推断出谜底是“孙立”。其中，“孙”与“爷爷”相对，而爷爷坐下与孙子站立又构成对应关系。

应用指引 运用反扣法制作的灯谜，虽然要求从相反或相对的方面进行思考，但必须注意思考的方向是否符合逻辑。例如，以“小聪明”为谜面猜口语“老糊涂”，这样的灯谜就不符合逻辑，因为小时候聪明不能说明到老了就一定糊涂。我们要注意避开这样的误区。

三、夹击法

谜法介绍 根据谜面所描述的情况，通过分析有关事物之间的联系，旁敲侧击地推断出谜底。这类灯谜的谜面一般会强调或突出某些事物，借此夹击出谜底中的事物，比如以“上下”“左右”或“前后”夹击“中”，以“琴棋画”夹击“书”，等等。

谜例剖析

1. 海空占优势（三国人物一）陆逊

现代军队一般包括海、陆、空三军。既然海军空军占优势，那就说明陆军相对逊色，所以谜底是“陆逊”。这是以“海空”夹击“陆”。

2. 四季少了夏秋冬（我国省会一）长春

谜面是歌曲《祈祷》中的歌词。既然四季里面缺少了夏秋冬，说明一年之中长时间是春天，由此推敲出“长春”。这是以“夏秋冬”夹击“春”。

3. 人生地不熟（口语一）天晓得

我国古籍《易经》将天、地、人合称“三才”。《三字经》中也有“三才者，天地人”之说。谜面别解为“人与地都未能熟知”，据此扣合“天晓得”。这是借“人地”夹击“天”。

应用指引 运用夹击法时，谜面上的事物与谜底中的事物必须存在紧密的逻辑联系，而且有关字词可以组成连贯而且有规律的词句，例如“上中下”“左中右”“东西南北”“海陆空”“天地人”“松竹梅”“琴棋书画”“梅兰菊竹”“春夏秋冬”“望闻问切”“油盐酱醋”“酸甜苦辣”“生旦净末丑”等等。

●小试牛刀

1. 欧洲之旅见闻录（古代文学名著一，3 字）
2. 文明之邦（欧洲国名一，2 字）
3. 大腹便便（乐器一，2 字）
4. 不可动武（文体一，3 字）
5. 来自北方的援助（省会一，2 字）
6. 白日不相逢（礼貌语一，3 字）
7. 上有兄长，下有弟妹（民航名词一，2 字）
8. 高不成低不就（金融机构简称一，2 字）

●漫步谜宫

一、试一试

“春夏秋冬”“海陆空”之类的夹击法素材非常多，请你尝试搜集这类素材，以备猜谜制谜之用。

二、猜一猜

1. 太阳出来喜洋洋（祝贺语一句，4 字）
2. 人约黄昏后（文艺名词一，2 字）
3. 进的球都不容易（五言唐诗一句）
4. 调皮娃娃（网站名一，2 字）
5. 不说脏话粗话（学科一，2 字）
6. 优秀率高（口语一，3 字）
7. 大为怀疑（手机应用软件一，2 字）
8. 给爷爷出主意（三国人名一，2 字）
9. 早晚忙不停（作息时间安排名词一，2 字）
10. 四周都是低洼地（学校名词一，3 字）

●资料卡片

特殊谜目——离合字

有时候，人们在作自我介绍时，会把姓名中某个字拆开来讲。比如一个姓张的人自我介绍时会说："我的姓是'弓长张'，不是'立早章'。"灯谜中的离合字，就类似这样的情形。

离合字谜的特点是谜底由一个完整的字及其拆开的字素组成，并以连贯的语义扣合谜面。在谜底中，完整的字可以放在其拆开的字素之前，也可以放在最后。谜例如下：

1. 虎门销烟（离合字一）林火焚

鸦片战争时，林则徐在广东虎门海滩销毁所缴获的鸦片，史称"虎门销烟"。谜面是说林则徐用火焚烧鸦片，所以谜底是"林火焚"。

2. 十扣柴扉九次开（离合字一）一门闩

谜面是说敲了十次门有九次门开了，可见有一次是门闩着，所以谜底是"一门闩"。

●故事长廊

粟裕得谜喜笑颜开

1979年，粟裕大将在视察早年战斗过的地方时，特地到潮州涵碧楼参观，当地谜家、老战士柯鸿才先生参与接待。当粟裕了解到柯鸿才先生当年曾领导工人赤卫队战斗在潮州竹竿山时，高兴地说："我当时是班长，也坚守在竹竿山阵地呢。"两人交谈甚欢，连灯谜也谈到了。柯鸿才先生即席挥毫写了两则姓名谜，谜面分别是"家家欢庆丰收年""农民踊跃卖余粮"，谜底都是"粟裕"。粟裕得到这两则灯谜，喜笑颜开，高兴得不得了，并勉励柯鸿才先生利用灯谜这一艺术形式更好地为社会服务。

阅读点拨：上面故事中的两则灯谜都用了正扣法。"家家欢庆丰收年"和"农民踊跃卖余粮"都可以理解为"谷物丰富"，因而扣合"粟裕"（粟：古代泛称谷类；裕：丰富，宽绰）。

第7讲　会意法（二）

●谜宫初探

刘备三顾茅庐（明星演员一，2字）

这则灯谜借用了“三顾茅庐”典故，所用谜法是运典法。

●谜宫探幽

一、运典法

谜法介绍　谜面引用典故，猜射时根据典故内容会意扣合谜底。灯谜中的“典故”，一般是指灯谜作品里引用的古代故事和有来历出处的成语。引用典故能够丰富谜面内涵，强化艺术表现力，增加作品的韵味和情趣。

谜例剖析

1. 匡衡凿壁（礼貌语一）借光

西汉经学家匡衡少年时非常好学，但家中没有灯烛。邻家有灯烛，匡衡就把墙壁凿了一个洞，借用透进来的灯烛光读书。这就是“凿壁偷光”的典故。由此可知，“匡衡凿壁”是想“借”用邻家的灯烛“光”。

2. 愚公之家（成语一）开门见山

根据“愚公移山”的传说，愚公家门前有太行、王屋两座大山挡着路，于是他决心带领家人把山搬走。可见，愚公家一开门就见到大山，据此扣合“开门见山”。

3. 叶公见之，弃而还走（成语一）活龙活现

汉代刘向《新序·杂事》中有一个“叶公好龙”的故事：叶公喜欢龙，家里到处都雕刻着龙。天上的真龙知道后便降临叶公家，但是，“叶公见之，弃而还走，失其魂魄，五色无主。”原来，叶公喜欢的是那些像龙的东西而不是喜欢龙。根据这个故事可知，“叶公见之，弃而还走”是因为真龙出现，据此扣合“活龙活现”。

应用指引 引用典故的灯谜，有时候不必理会典故内容，只需就谜面字词的含义直接会意就可以扣合谜底，谜界将这种情形称为“有典化无典”。例如：

莫须有（口语一）不要胡来

谜面引用宋代奸臣秦桧以“莫须有”罪名陷害岳飞的典故，但猜射时不必理会该典故内容，只要将“莫须有”别解为“不要胡须出现”，就可以扣合“不要胡来”。

二、承启法

谜法介绍 以文章中连贯的现成句子中的下句为谜面，猜射时承接上句含义扣合谜底；或以文章中连贯的现成句子中的上句为谜面，猜射时启动下句含义扣合谜底。前者叫“承上法”，后者叫“启下法”。

谜例剖析

1. 为伊消得人憔悴（电信名词一）宽带

“衣带渐宽终不悔，为伊消得人憔悴。”这是北宋柳永《蝶恋花》中千古传诵的名句。“衣带”是指束衣的带子。根据上句“衣带渐宽终不悔”的含义，会意扣合“宽带”。

2. 桃花潭水深千尺（成语一）无与伦比

谜面出自李白《赠汪伦》：“李白乘舟将欲行，忽闻岸上踏歌声。桃花潭水深千尺，不及汪伦送我情。”根据下句“不及汪伦送我情”的含义，会意扣合“无与伦比”。谜底别解为“无法与汪伦相比”。“伦”本是“同类”的意思，在此转指“汪伦”。

3. 夜来风雨声（寻人启事用语一）下落不明

谜面出自唐代诗人孟浩然《春晓》：“春眠不觉晓，处处闻啼鸟，夜来风雨声，花落知多少。”根据下句“花落知多少”的含义，会意扣合“下落不明”。谜底本指去处不清楚，在此别解为“（花）向下飘落的情况不清楚”。

应用指引 运用承启法时，引用的句子必须是文章中连贯的现成句子，而且上下句之间必须具有承上启下的逻辑关系。上下句之间如果联系不够紧密，则不适合运用承启法。例如，以“白云生处有人家”为谜面，承接上句“远上寒山石径斜”的含义，猜体育名词“引体向上”，这样的灯谜就不够严谨。我们知道，“远上寒山石径斜”是写诗人所行的道路，“白云生处有人家”是写诗人所看的风光，上下句之间内容跨度过大，联系不够紧密，所以不适合运用承启法。

三、问答法

谜法介绍 问答法是指谜面设问、谜底作答的一种扣合方法。这类灯谜的谜面一般含有“什么”“如何”“怎样”“多少”等疑问词。用问答法制作的灯谜，其谜底是一个经过别解而含有谜趣的答案，与知识性问答题的答案有本质上的区别。

谜例剖析

1. 兄弟情同什么（字一）捉

兄弟情同什么？当然是“手足”。但如果以“手足”作答就不是灯谜了，况且这则灯谜要求猜出的谜底必须是一个字。所以，我们要深入一层去思考：“手足”可以组成什么字？有了这一思路之后，只要将“手”替换成“扌”，就可以得到谜底“捉”。

2. 如何是好（体育名词一）女子组

谜面别解为“如何成为一个‘好’字”。谜底“女子组”别解为“由‘女’与‘子’组成”，这正好回答了谜面提出的问题。

3. 脸上何来“五指山”（交通名词一）打的

打人的时候，一巴掌下去，脸上浮现五个指印，形象的说法就是“五指山”。谜底“打的”本指搭乘的士（出租车），在此别解为“击打的（结果）”，这就直接回答了谜面提出的问题。

应用指引 以疑问句作为谜面的灯谜并非都运用问答法，判断一则灯谜是否运用问答法要看有没有完整的一问一答。例如：

1. 敢问路在何方（口语一）谁知道

2. 此行何去（汽车部件一）方向盘

这两则灯谜的谜面都是疑问句，但谜底并没有就谜面的设问给出答案，所以它们运用的是正扣法而不是问答法。

●小试牛刀

1. 叶公见之，弃而还走（古代动物一，2 字）
2. 杀给猴看没效果（菜肴一，3 字）
3. 梁祝翩翩不分离（服饰用品一，3 字）
4. 鹬蚌相争（保险名词一，3 字）
5. 打起黄莺儿（字一，16 笔）
6. 千古之恨怎酿成（字一，12 笔）
7. 何物不怕火炼（字一，15 笔）
8. 几岁算成年（热点政治词一，3 字）

●漫步谜宫

一、想一想

结合第 7 讲中有关谜例，说说运用问答法制作的灯谜与我们平时所见的知识性问答题有什么不同。

二、猜一猜

1. 凿壁偷光（三国人一，2 字）
2. 景阳冈何人斗虎（影视名词一，2 字）
3. 良药苦口（字一，12 笔）
4. 送君千里（比赛用语一，3 字）
5. 地上本没有路（交通名词一，4 字）
6. 新官上任（字一，12 笔）
7. 一颗荔枝（字一，12 笔）
8. 何以能常乐（字一，15 笔）
9. 鲁班本行是什么（字一，7 笔）
10. 几个和尚没水喝（中药补品一，2 字）

●故事长廊

宰相尚书是羊牛

隋朝有个叫侯白的人，好学有捷才，言谈诙谐风趣。有一天，侯白在宫门与人谈笑，宰相杨素和吏部尚书牛弘正好从宫中走出来。杨素跟侯白打了个招呼，侯白随口说道："日之夕矣。"时近正午，丽日当空，众人不解侯白所说何意。但是杨素听懂了，他笑着对牛弘说："侯白这家伙说我是羊你是牛，'羊牛下来'了。"原来，"日之夕矣，羊牛下来"是《诗经》中一句完整的话，而"羊"与"杨"读音相同。当时，杨素权倾天下，侯白敢跟他开这样的玩笑，胆子真的不小。后来，杨素推荐侯白入宫，专门给皇帝讲笑话。

阅读点拨：侯白以"日之夕矣"暗指杨素和牛弘从宫中走出来，虽然不是灯谜，但与灯谜的承启法如出一辙，明显含有谜趣。

第8讲　会意法（三）

●谜宫初探

千百次的问（儿童科普读物一，6字）

此谜的猜射，需要运用到数学中的乘法，这在谜法上叫“运算法”。

●谜宫探幽

一、运算法

谜法介绍　运用数学思维，通过数量单位的换算，或通过加减乘除的简单运算来寻求谜底。

谜例剖析

1. 说话十分得体（字一）谢

“说话”扣“讠”。“十分”换算为一寸，扣“寸”。“体”别解为“身体”，扣“身”。

2. 游遍三山五岳（北京名胜一）八达岭

“三”与“五”相加为“八”。“山”和“岳”都是山岭。“游遍”是说都已到达。谜底别解为“八次到达山岭”。

3. 成双成对去，接二连三来（数学用语一）四舍五入

“双”和“对”都是二，两个二就是“四”。“去”别解为“舍弃”，扣“舍”。“接二连三”是提示将“二”与“三”相加，则得“五”。“来”别解为“进来”，扣“入”。

应用指引　用运算法制作的灯谜，谜面上有时会出现“节”“省”“增”“加”等提示数量增减变化的字词，我们可根据提示进行运算而求得谜底。例如：

七一节去旅行（南宋诗人一）陆游

“节”别解为“减省”。“七”中减省了“一”就剩下“六”，而“六”的大写是“陆”。“去旅行”扣“游”。

二、漏字法

谜法介绍 谜面故意将连贯而且有规律的词句中的个别字词漏掉，猜谜者要抓住所遗漏的字词去推敲出谜底。

谜例剖析

1. 金木水火（字一）坎

中国传统的五行学说认为，天下万物皆由金、木、水、火、土组成。五行就是指金、木、水、火、土五种物质的运动变化。谜面只列出金、木、水、火，显然“欠土”，因此谜底是“坎”。

2. 生旦末丑（俗语一）眼不见为净

中国戏曲中人物角色的行当，习惯上分为生、旦、净、末、丑。谜面仅列出生、旦、末、丑，故意漏掉了净，据此推敲出谜底“眼不见为净”。

3. 四、五、六、八、九（俗语一）不管三七二十一

一到十是连贯的，谜面故意漏掉了“三、七、二、十、一”，据此推敲出谜底“不管三七二十一”。

应用指引 运用漏字法制作的灯谜，谜底一般由所遗漏的字词配上相应的衬托性字词组成，这些衬托性字词含有否定、遗忘、缺失或摒弃的意思，如“缺”“少”“无”“落”“遗”“漏”“失”“掉”“节”“省”“不要”“不管”“不见”等。

三、归纳法

谜法介绍 对谜面上具有相同属性的事物进行归纳，并以数量形式体现出来而构成谜底。归纳法类似数学中的合并同类项，谜底中的系数是谜面上属性相同事物的总数量。

谜例剖析

1. 江淮河汉（省名一）四川

“江淮河汉”是指长江、淮河、黄河、汉水，因此可以归纳为“四川”。“川”有水道、河流的意思。

2. 儿子妈妈（《水浒传》人物一）孙二娘

“儿子”别解为“儿的子”，扣“孙”。“妈妈”别解为“两个妈”，归纳起来便是“二娘”。

3. 春兰秋菊夏荷冬梅（花名一）四季花

“春”“秋”“夏”“冬”归纳起来就是“四季”。“兰”“菊”

"荷""梅"都是"花"。

应用指引 归纳法与运算法的不同之处在于：归纳法对事物数量进行归并，其数词在谜底，但谜面上一般没有数词；运算法则可以是换算，也可以进行加减乘除等运算，而且谜面上一定有数词。

四、分扣法

谜法介绍 把谜面句子分割成若干段，然后逐段会意扣出相应字词而构成谜底。此法与会意法前九种方法的不同之处在于谜面、谜底都明显可以分成多个部分，谜面各部分与谜底各部分之间具有一一对应的扣合关系。

谜例剖析

1. 青峰巍然，黄河九曲（俗语一）山不转水转

"青峰巍然"是说山峰巍然不动，会意扣"山不转"。"黄河九曲"是说河水转了很多弯，会意扣"水转"。

2. 大漠孤烟直，长河落日圆（成语一）风平浪静

谜面是唐代诗人王维《使至塞上》诗中名句。"大漠孤烟直"是因为没有刮风，会意扣"风平"；"长河落日圆"是因为没有波浪，会意扣"浪静"。

3. 人气高，能力强（饮料品牌一）红牛

"人气高"说明这个人正走红，所以扣"红"。"能力强"说明这个人很牛，所以扣"牛"。

应用指引 用分扣法制作的灯谜，有的是一字扣一字，有的是一字扣多字，有的是多字扣一字。例如：

1. 草案（酒名一）茅台

"草"扣"茅"，"案"扣"台"，这都是一字扣一字。

2. 鲁迅全集（曲艺形式一）山东快书

"鲁"扣"山东"，这是一字扣多字；"迅"扣"快"，这是一字扣一字；"全集"扣"书"，这是多字扣一字。

●小试牛刀

1. 八骏剩一半（字一，8 笔）
2. 十分热烈（字一，12 笔）
3. 八成人长得不像（民俗名词一，4 字）

4. 金木火土（医学名词一，2 字）
5. 金银铜铁（我国城市一，2 字）
6. 解除戒心，畅所欲言（安全名词一，4 字）
7. 孩子作业，父母包办（成语一，4 字）
8. 厉害，猜对了（学校用语一，2 字）

●漫步谜宫

一、想一想

夹击法、漏字法有哪些相同之处？又有哪些不同之处？（提示：结合有关谜例，从谜面和谜底两个方面进行比较）

二、猜一猜

1. 九九归一（花名一，2 字）
2. 三令五申要禁止（《西游记》人物一，2 字）
3. 一尺一（字一，6 笔）
4. 五一去旅行（南宋诗人一，2 字）
5. 赤橙绿蓝紫（成语一，4 字）
6. 一、二、五、六、七、八、九、十（成语一，4 字）
7. 长江、黄河、珠江、淮河（省名一，2 字）
8. 夫妻双双把家还（曲艺种类一，3 字）
9. 元前明后（《水浒传》人物一，2 字）
10. 金榜题名日，丹桂飘香时（传统节日一，2 字）

●故事长廊

吕蒙正撰联诉家境

北宋年间，河南洛阳有个书生叫吕蒙正，生活清苦，但手不释卷，非常好学。

相传有一年除夕，吕蒙正在自己破屋的门上贴了一副春联：“二三四五；六七八九。”还在门楣上贴了横批“南北”。不少好奇者前来观看，但都不知道吕蒙正“葫芦里卖的是什么药”。

原来，上联“二三四五”漏掉“一”，而“一”与“衣”读音相同，所以上联是暗指“缺衣”；下联“六七八九”漏掉“十”，而“十”与“食”读音相同，所以下联是暗指“少食”。上下联暗含的完整意思是说“缺衣少食”。横批“南北”则暗指“没有东西”。

吕蒙正虽然家贫，但胸有大志，发奋读书，后来高中状元，官至宰相，成为国之栋梁。

阅读点拨：吕蒙正这副对联，如果加上谜目，就是一则完整的灯谜，所用谜法正是前面所介绍的漏字法。

第9讲　借代法（一）

●谜宫初探

效仿项羽（校园称谓一，2字）

借代法是假借体灯谜所运用的法门。所谓借代法，就是借用一些字词去代替某些字词，使谜面与谜底相扣合的一种方法。灯谜借代的范围非常广泛，常见的有人物名称借代、事物名称借代、地域名称借代、时间名称借代、数字符号借代、年龄称谓借代、朝代帝王借代、地支生肖借代、天干五行借代等。

●谜宫探幽

一、人物名称借代法

谜法介绍　利用一个人的姓、名、别名、字、号、誉称、官职、封号等进行借代，使谜面与谜底相扣合。

谜例剖析

1. 浪子回头（电影名一）燕归来

谜面是一句成语。《水浒传》中梁山泊好汉燕青的诨号是“浪子”，所以借“浪子”代“燕”。“回头”会意扣“归来”。

2. 年少有为（新词一）小康

谜面中的“有为”，本指有所作为，在此转指清代著名政治家、思想家、教育家康有为，因而以“有为”代“康”。“少年”会意扣“小”。

3. 孔子墓（地理名词一）丘陵

孔子的名是丘，所以借“孔子”代“丘”。“陵”本指大土山，在此别解为“墓”。

应用指引　一般来说，将一个人的名、别名、字、号、誉称、官职、封号等放在谜面上，在谜底中可以替换为这个人的姓，反之则不能扣合。例如，以“燕归来”为谜面猜成语“浪子回头”就不能成立，因为姓燕的人很多，并不只有燕青。在运用人物名称借代法时，单字的人名也不宜放在谜面上。例如，以植物名词“返青”为谜面猜电影名“燕归来”就不合适，因为猜谜者很难从一个“青”字联想到燕青。

二、事物名称借代法

谜法介绍　事物名称借代法的运用有以下三种情形：

一是同一事物的不同名称互代，比如“鸿雁”与“书信”，“桃李”与“学生”，“男”与“丁”，“女”与“口”都可以互代。

二是借具体事物名称代该类事物统称，比如以“君子”代“兰”，以“相思”代“豆”“草”或“木”，以“梅花”代“鹿”，以“桃花”代“马”(毛色白中有红点的马叫“桃花马”)。

三是相关联的事物名称互代，比如“东”与“主”互代，“西”与“客”互代。另外，《易经》中有“云从龙，风从虎”之说，意思是说龙吟云出，虎啸风生，所以在灯谜中，“云”与“龙”，“风”与“虎”都可以互代。

谜例剖析

1. 春山如画（网络名词一）美眉

文学作品中常用“春山”“秋水”分别形容女人的眉毛、眼睛，因而灯谜中以“春山”代“眉”，以“秋水”代“目”。“如画”会意扣“美”。

2. 这相思石烂海枯（食品一）豆腐干

唐代诗人王维有一首咏红豆的诗：“红豆生南国，春来发几枝。愿君多采撷，此物最相思。”红豆就是相思豆，因而以“相思”代“豆”。“石烂”会意扣“腐”，“海枯”会意扣“干”。

3. 大风起兮云飞扬（成语一）龙腾虎跃

谜面是汉高祖刘邦《大风歌》中的一句。此谜以“云”代“龙”，以“风”代“虎”。“起”“扬”分别会意扣“腾”“跃”。

应用指引　借具体事物名称代该类事物统称，必须是具体事物名称在谜面上，而该类事物统称在谜底中，反之不能扣合。也就是说，这种借代是单向的，不能逆向借代。譬如，可以用“桃”“李”“梅”“菊”“杏”“桂”“牡丹”“芙蓉”“玫瑰”等代

"花"，但不允许倒过来以"花"代"桃""牡丹"等。

三、地域名称借代法

谜法介绍 利用一个地方的常用名称、简称、别称、誉称等互代，或以现地名与古地名互代，或以首都代国家、以省会代省份，使谜面与谜底相扣合。

谜例剖析

1. 绿化北京（《水浒传》人物一）燕青

北京古称燕，因而以"北京"代"燕"。谜面整体理解为"北京到处是青色"，据此扣合"燕青"。

2. 二月春风满金陵（民间游戏名一）剪刀石头布

唐朝贺知章《咏柳》诗中有"二月春风似剪刀"的名句，因而灯谜中借"二月春风"代"剪刀"。南京古称"金陵"，也称为"石头城"，所以借"金陵"代"石头"。谜底中的"布"别解为"布满"。

3. 巴黎产品（普法名词一）法制

巴黎是法国首都。既然是巴黎的产品，那么就是法国制造的，所以谜底是"法制"。这是借"巴黎"代"法"。

应用指引 在运用地域名称借代法时，要注意借代的合理性，因为有些地域名称可以互相借代，有些不能互相借代。比如，以首都代国家，或以省会代省份，其借代是单向的，不能逆向借代。也就是说，不能以国名代首都，也不能以省名代省会。

●小试牛刀

1. 玄德大喜（著名歌星一，2 字）
2. 酷似汉高祖（欧洲著名音乐家一，2 字）
3. 桃花含笑旭日升（台湾政要一，3 字）
4. 赤兔走千里（元代戏剧家一，3 字）
5. 千里寄相思（字一，12 笔）
6. 八股之风（灯谜艺术名词一，2 字）
7. 山东人聪明得很（《水浒传》人物一，3 字）
8. 北京鸟巢（滋补品一，2 字）

●漫步谜宫

一、试一试

搜集世界各国首都名称和我国各省（直辖市、自治区）的简称、省会或首府名称的资料，以备猜谜制谜之用。

二、猜一猜

1. 宋公明醒来（省名一，2 字）
2. 错投吕奉先（字一，7 笔）
3. 错把梅花当桃花（成语一，4 字）
4. 东方发白（语文名词一，2 字）
5. 两地相思（字一，10 笔）
6. 岳父在上（成语一，4 字）
7. 探望同窗（香港歌手一，3 字）
8. 乌云压松花（省名一，3 字）
9. 贵州今腾飞（字一，12 笔）
10. 首尔来函（汉代人一，2 字）

●资料卡片

事物名称借代素材选辑

君子/兰　相思/豆　玉粒/米　樱桃/口

春/酒　杜康/酒　桃花/马　梅花/鹿

鸿雁/书信　桃李/学生　丁/男　口/女

千金/女　云/龙　风/虎　眉/春山

眼/秋水　富贵/花　布谷/鸟　美人/鱼

桑梓/家乡　同窗/学友　烽烟/战争　巾帼/妇女

须眉/男子　丝竹/音乐　手足/兄弟　伉俪/夫妻

三尺/法律、剑　汗青/史册　膝下/父母　华盖/运

庙堂/朝廷　社稷、轩辕/国家　布衣/百姓

含羞、忘忧、断肠/草　金乌、火轮/日

嫦娥、婵娟、玉兔、冰轮、玉盘、清辉、广寒、蟾宫/月

●故事长廊

陈毅制谜为茶命名

1964年春，风和日丽的一天，峨眉山碧绿的峰峦间缠绕着淡淡的雾霭，银白色的飞瀑高悬于千丈山崖上。这一天，峨眉山迎来了开国元帅陈毅。

一路上，山道弯弯，竹茂叶密。陈毅元帅游兴大发，一口气来到万年寺。“陈老总，休息一下，品品峨眉龙井茶。”陪同的四川同志建议说。“嗬哟，你们峨眉山啥时采来这个宝?”陈毅元帅哈哈大笑，“是不是白娘子从西湖带来的茶种啊?”

说话间，陈毅元帅一行进入休息室品茶。沸水落处，清香四溢。“该给这个茶起个名嘛。”陈毅元帅说。“那就请老总您给取个名吧!”陪同人员提出了请求。陈毅元帅爽快地答应道：“要得，要得，取个啥名呢……对了！峨眉山民间有猜灯谜活动，我就用‘幽篁叠翠’命个题，大家猜猜看嘛。”众人一时不解其意，无法猜出谜底。恰好斟茶的和尚在一旁，他笑眯眯地点破谜题，大家方才恍然大悟。原来，陈毅元帅给这种茶起的名是“竹叶青”。

阅读点拨：陈毅同志创作的这则灯谜，运用了事物名称借代法。“幽篁”是指幽深又茂密的竹林，所以借“幽篁”代“竹”。“叠翠”意为青翠重叠。谜面整体理解为“竹林叶青青”，据此扣合“竹叶青”。

第 10 讲　借代法（二）

●谜宫初探

三八二十四（体育名词一，4 字）

这则灯谜运用了下面要学习的时间名称借代法和数字符号借代法。

●谜宫探幽

一、时间名称借代法

谜法介绍　利用同一时间的不同名称进行借代，也就是将谜面上某一个时间的名称在谜底中转换成这个时间的另一个名称。比如“朔”与“初一”互代，“望”与“十五”互代，“国庆”与“十一”互代，或农历月份与其别称互代，或以“中秋”代“十五”、以“春节”代“初一”，等等。另外，十二时辰与十二地支、十二生肖之间也可互相借代，这方面的知识将在下一讲中介绍。

谜例剖析

1. 国庆恰逢初一（字一）塑

我国的国庆节是每年十月一日，所以用“国庆节”代“十一”,“十”与“一”合成“土”。“初一”是“朔”。“土”与“朔”组成“塑”。

2. 欢声笑语度中秋（成语一）大喜过望

我国农历每月十五日叫“望”，而中秋节是农历八月十五日，所以用“中秋”代“望”。谜面理解为“非常欢喜地度过中秋”，据此扣合“大喜过望”。

3. 二月三十（字一）菇

农历二月别称“如月”，因而以“二月”代“如”。“三十”别解为“三个‘十’字”。“如”与三个“十”组成“菇”。

应用指引　必须注意，同一时间的不同名称，有的可以双向互代，有的只能单向借代。比如："朔"与"初一"，"望"与"十五"都可以双向互代；"中秋"与"望"，"春节"与"初一"只能单向借代，不能逆向借代，因为农历中每月都有一天是"望"，每月也都有一天是"初一"。

二、数字符号借代法

谜法介绍 将字词与其相关的数字、符号互相借代。比如，"十二"与"打"（一打的数量是十二）互代，"二十"与"念"（"廿"字的大写）互代，"加"或"正"与"+"互代，"减"或"负"与"－"互代，"乘""错""差"或"不对"与"×"互代（人们常以"√""×"分别表示正确、错误）。

谜例剖析

1. 一念之差（字一）艾

谜面是一句成语。念是二十，所以用"念"代两个"十"（即"艹"）。"差"意为错误，因而以"差"代"×"。"艹"与"×"组成"艾"。

2. 加减乘除少一点（字一，7笔）坟

以"加""减""乘""除"分别代"+""－""×""÷"。"少一点"是说明"÷"中减少一个点。于是，将"+""－""×"与少了一点的"÷"组合起来，就是"坟"。

3. 电池两极装反了（成语一）以一当十

电极分为正极和负极，在电池上标示"+"的一端为正极，标示"－"的一端为负极。电池之所以会装反，是因为把"－"当成"+"，因而谜底是"以一当十"。这是以"负极"代"一"，以"正极"代"十"。

应用指引 灯谜创作中有时用"是""非"分别代"+""－"，这是一种约定俗成的借代习惯。例如：

双方都有是非（字一）堃

这则灯谜以"是""非"分别代"+""－"，然后组成"土"。

用"是""非"分别代"+""－"这一借代情形，我们要有所了解。但是，运用这种借代方式创作灯谜时，"是非"两字应在谜面中同时出现，不宜单独用一个"是"代"+"，也不宜单独用一个"非"代"－"。

三、年龄称谓借代法

谜法介绍 古人有时不用数字直接表示年龄，而是用年龄称谓来表示，比如用“而立之年”表示三十岁，用“不惑之年”表示四十岁。年龄称谓大多记载在书籍之中，并沿用至今。年龄称谓借代法就是指年龄数字与年龄称谓之间互相借代的一种扣合方法。

谜例剖析

1. 三十出头（字一）端

而立之年是三十岁，因而以“三十”代“而立”。“出”字的上头是“山”。“而”“立”“山”组合起来就是“端”。

2. 古稀之人（字一）华

古稀之年是七十岁，因而以“古稀”代“七十”。“七”“十”和“人”组合起来就是“华”。“华”字左上角的字素与“七”有微小差异，但这一差异可忽略，因为灯谜的形扣可以从宽。

3. 弱冠从军（字一）荤

古时候，男子二十岁称“弱冠”。在这则灯谜中，“弱冠”可看作“二十（岁）”，借以代“艹”。“艹”与“军”组合起来就是“荤”。“从”是提示将“艹”与“军”连在一起。

应用指引 在运用年龄称谓借代法时，年龄通常以纯数字的省称形式出现，如二十岁省称“二十”，三十岁省称“三十”，四十岁省称“四十”。而在实际扣合中，年龄数字的形态往往发生了变化，比如“二十”变成“廿”，“三十”变成“卉”，“四十”变成两个“廿”。

●小试牛刀

1. 八月团聚（水果名一，2 字）
2. 刚进入十二月（《水浒传》人物一，2 字）
3. 错上加错（字一，4 笔）
4. 桑梓之念（字一，6 笔）
5. 十二分（武术项目一，2 字）
6. 三八放假（字一，13 笔）
7. 而立之年不小了（字一，8 笔）
8. 年过古稀（年龄段人群一，数字＋汉字）

●漫步谜宫

一、试一试

搜集数学中有关符号，以备猜谜制谜之用。

二、猜一猜

1. 国庆共举杯（离合字一）
2. 又逢国庆节（字一，5 笔）
3. 初一到西湖（字一，13 笔）
4. 十二只手袋（餐饮用词一，2 字）
5. 不足三尺（手机品牌一，2 字）
6. 1212（体育名词一，2 字）
7. 走是不对的（字一，9 笔）
8. 两人惹是非（字一，7 笔）
9. 弱冠之年，待人虚心（字一，7 笔）
10. 古稀之年有后福（字一，13 笔）

●资料卡片

农历月份别称选辑

一月：孟春、新月、正月、端月、元春

二月：仲春、如月、杏月、花月

三月：季春、桃月、桐月、蚕月

四月：孟夏、阴月、梅月、槐月

五月：仲夏、榴月、毒月、蒲月

六月：季夏、荷月、荔月

七月：孟秋、兰月、巧月、瓜月

八月：仲秋、桂月

九月：季秋、菊月

十月：孟冬、良月、阳月

十一月：仲冬、冬月、葭月

十二月：季冬、腊月

古代年龄称谓选辑

幼年/总角，童年/垂髫，十五/及笄（女子），二十/弱冠（男子），三十/而立，四十/不惑，五十/知天命、知命、知非，六十/花甲、耳顺，七十/古稀，八十至九十/耄耋，百岁/期颐。

●故事长廊

“米寿”与“茶寿”

冯友兰先生与他的好友金岳霖先生都是著名哲学家。1983年，这两位哲学家都是85岁。那一年，金岳霖过生日时，冯友兰先生撰写了一副对联向他贺寿：

何止于米，相期以茶；

论高白马，道超青牛。

上联的意思是说，不能仅止于“米寿”（八十八岁），还要活到“茶寿”（一百〇八岁）。原来，“米”字拆开来像“八十八”，所以八十八岁雅称“米寿”；“茶”字拆开来像两个“十”（“艹”）和“八十八”，二十加八十八就是“一百〇八”，所以一百〇八岁雅称“茶寿”。

下联则是说金岳霖在哲学思辨和理论素养方面，比战国时论“白马非马”的哲学家公孙龙和骑青牛的道家始祖老子还要高超。

这副贺寿联语意吉祥，充满妙趣，又包含了对金岳霖先生的高度评价，显示了冯友兰先生的深厚文字功底、渊博学识和乐天精神。

阅读点拨：我国民间的年龄称谓中，除了用“米寿”“茶寿”分别表示八十八岁、一百〇八岁之外，还用“喜寿”表示七十七岁（喜字的草体自上而下看起来像七十七），用“白寿”表示九十九岁（“百”去掉“一”是“白”）。这些年龄称谓，明显运用了灯谜的拆字法。因有这些年龄称谓，所以灯谜中借“喜寿”“米寿”“白寿”“茶寿”分别代替七十七、八十八、九十九、一百〇八。

“茶寿”

第 11 讲 借代法（三）

●谜宫初探

唐代瑰宝（古代著名医学家一，3 字）

这则灯谜运用了下面要学习的朝代帝王借代法。

●谜宫探幽

一、朝代帝王借代法

谜法介绍 利用朝代、帝王姓名、年号等互相借代，使谜面与谜底相扣合。在实际运用中，一般是以朝代或年号代帝王的姓、名、姓名，或以年号代朝代。

谜例剖析

1. 开元盛世（著名影视演员一）唐国强

“开元”是唐玄宗李隆基的年号，因而以“开元”代“唐”。“盛世”是指兴旺强盛的时代。谜面整体理解为“唐代国家强盛”，会意扣合“唐国强”。这是以年号代朝代。

2. 晋宫灯火（宋代政治家一）司马光

晋代是司马氏王朝，因而以“晋”代“司马”。谜面整体理解为“司马氏（宫殿）的灯光”，会意扣合“司马光”。这是用朝代来代帝王的姓。

3. 洪武帝（字一）珠

“洪武”是明代第一个年号，在位皇帝是明太祖朱元璋，因此，朱元璋也称“洪武帝”。谜面理解为“姓朱的帝王”，所以谜底是“珠”。这是以年号代帝王的姓。

应用指引 运用朝代帝王借代法时，将朝代、年号放在谜面上，在谜底中可以替换为帝王的姓，反之往往无法扣合。例如，以“珠”为谜面猜古代帝王“洪武帝”就不能成立，因为除了朱元璋还有其他姓朱的帝王。

二、地支生肖借代法

谜法介绍 利用十二地支、十二时辰与十二生肖互相借代，使谜面与谜底相扣合。古人把一昼夜划分成十二个时辰，用十二地支作为代号。十二地支、十二时辰与十二生肖之间存在一一对应关系（见下表）。

时辰、地支、生肖对应关系表

十二时辰	夜半	鸡鸣	平旦	日出	食时	隅中	日中	日昳	晡时	日入	黄昏	人定
开始时间	23	1	3	5	7	9	11	13	15	17	19	21
十二地支	子	丑	寅	卯	辰	巳	午	未	申	酉	戌	亥
十二生肖	鼠	牛	虎	兔	龙	蛇	马	羊	猴	鸡	狗	猪

生肖还可以与纪年代号互代。中国传统的干支纪年法，将十天干（甲、乙、丙、丁、戊、己、庚、辛、壬、癸）与十二地支相结合，将它们演变为纪年的六十个代号，即甲子、乙丑、丙寅、丁卯、戊辰、己巳、庚午、辛未、壬申、癸酉、甲戌、乙亥、丙子、丁丑、戊寅、己卯……这六十个代号周而复始，循环不已。由于每一年的代号中都有一个地支，因而每一年都对应一个生肖。所以，纪年的六十个代号在灯谜中都可以借代对应的生肖，比如以甲子代鼠、以乙丑代牛、以丙寅代虎、以丁卯代兔等等。

此外，古代用于计时的五更也可以与时辰、地支、生肖互相借代。古人把一夜分为五个时辰，也就是五更。戌时为一更，亥时为二更，子时为三更，丑时为四更，寅时为五更，每一更与其对应的时辰、地支、生肖都可以互相借代。

谜例剖析

1. 未入灯谜之门（成语一）羊落虎口

此谜以“未”代“羊”，以“灯谜”代“虎”（灯谜又叫文虎、灯虎）。谜面别解为“羊落入老虎出入通过的地方”，据此扣合“羊落虎口”。“口”字有一个义项是“出入通过的地方”。

2. 庚午年怀孕（东南亚海峡一）马六甲

庚午年对应的生肖是马，所以用“庚午年”代“马”。古代把女子怀孕称作身怀六甲，所以“怀孕”可会意扣“六甲”。

3. 出售鼠笼（口语一）卖关子

十二生肖中的鼠对应十二时辰中的子，所以用“鼠”代“子”。鼠笼为捕鼠工具，可以关住老鼠。谜底别解为“售卖关住老鼠（的物品）”。

应用指引 十二地支、十二时辰与十二生肖之间的借代是双向的，都可以互相借代。比如，“午”与“日中”可以互相借代，“午”与“马”也可以互相借代。纪年的六十个代号与其对应年份生肖的借代是单向的，不能逆向借代。比如，可以用“甲子”代“鼠”，但不能用“鼠”代“甲子”。

三、天干五行借代法

谜法介绍 利用天干、五行、五季、五方、五色、五脏名称互相借代，使谜面与谜底相扣合。这种借代的依据，是天干、五行、五季、五方、五色、五脏之间的对应关系（见下表）。

天干、五行、五季等的对应关系表

天干	甲乙	丙丁	戊己	庚辛	壬癸
五行	木	火	土	金	水
五季	春	夏	长夏	秋	冬
五方	东	南	中	西	北
五色	青	红	黄	白	黑
五脏	肝	心	脾	肺	肾

说明：中医以四时配五行而为五季，即春属木，夏属火，长夏属土，秋属金，冬属水。其中的长夏是指农历六月。

谜例剖析

1. 北方产品（生物学名词一）水生物

根据五方与五行的对应关系，以“北方”代“水”。“产”与“生”同义相扣。“品”理解为“物品”，扣“物”。

2. 盼望秋天（著名作家一）巴金

根据五季与五行的对应关系，以“秋天”代“金”。“巴”有盼望的意思。

3. 春到海南（山东城市一）青岛

根据五季与五色的对应关系，以“春”代“青”。海南是一个海岛，因而以“海南”代“岛”。

应用指引 运用天干五行借代法制作的灯谜中，较为常见的是五行、五季、五方与五色之间的借代。在运用天干五行借代法时，要注意天干与地支的区别，尤其是要避免将天干与生肖互相借代，因为天干与生肖之间没有直接的对应关系。

●小试牛刀

1. 唐太宗口谕（唐代诗人一，2 字）
2. 明朝历史我知道（现代作家一，3 字）
3. 一帮小丑（相声演员一，2 字）
4. 初生牛犊（戏剧角色一，2 字）
5. 立马昆仑（字一，6 笔）
6. 乙未重逢乐开怀（动漫形象一，3 字）
7. 米老鼠（字一，9 笔）
8. 春水在眼前（字一，12 笔）

●漫步谜宫

一、试一试

请你尝试搜集我国朝代名称和开国皇帝的姓名、在位时的年号等资料，作为灯谜借代素材，以便应对运用朝代帝王借代法制作的灯谜。

二、猜一猜

1. 开元和尚（《西游记》人物一，2 字）
2. 赵匡胤称雄（著名歌唱家一，3 字）
3. 守株待兔（字一，9 笔）
4. 落汤鸡（字一，10 笔）
5. 乡间夜半时（古代思想家一，2 字）
6. 小丑的装束（服装名一，3 字）

7. 春种一粒粟（字一，5 笔）

8. 秋天旅行难忘怀（文学名著一，3 字）

9. 心连心（字一，8 笔）

10. 北京之春（《水浒传》人物一，2 字）

●资料卡片

天干五行记忆口诀

东方甲乙木春青，南方丙丁火夏赤，中戊己土长夏黄，
西方庚辛金秋白，北方壬癸水冬黑。

●故事长廊

“东西”的由来

“东西”有一个义项是指一切物体。关于这个词的由来，民间流传着一个故事——

宋代理学家朱熹有一次去探访他的朋友盛温和，正巧盛温和提着一个竹篮子要外出。朱熹便问：“你去哪里？”盛温和回答说：“去买东西。”朱熹是研究学问的人，听了很好奇，随即问道：“为什么不买南北呢？”盛温和答道：“东方属木，西方属金，竹篮子装得；南方属火，北方属水，竹篮子怎么装？”

阅读点拨：故事中，盛温和以“东西”代指物品，明显含有谜趣。可见，借代并不是灯谜所独有，它是一种语言现象，也是一种修辞手法。灯谜借代素材的多样性，从一个侧面体现了汉语言文字的神奇魅力。

第 12 讲　象形法

●谜宫初探

看着像牛却是马（字一，4 笔）

象形法是象形体灯谜所运用的法门。所谓象形法，就是通过形象化的描绘使谜面与谜底相扣合的一种方法。象形造字是我国造字原理之一，远古时代我国先民通过描摹实体的外形而造出汉字。灯谜是根据汉字的形、音、义的变化而创作出来的，所以灯谜的创作离不开象形手段。象形法包括象物法、象字法和影像法等具体方法。

●谜宫探幽

一、象物法

谜法介绍　根据汉字的笔画、偏旁、部首、结构的形状特征，将字词或其构件想象成物体的形状，通过形象化的描绘而制作成灯谜。

谜例剖析

1. 平地盖起三层楼（字一）且

“且”字的形状像平地上盖起的三层楼。

2. 体育场上颁奖台（字一）凸

“凸”字的形状像体育赛场上的颁奖台。

3. 远树两行山倒影，轻舟一叶水平流（字一）慧

“远树”的样子像“丰”，“远树两行”就是“丰丰”。“山倒影”是说“山”倾倒，扣“彐”。“扁舟一叶”的样子像“乚”。“水平流”是提示将“氵”平放，与“乚”合成“心”。“丰丰”与“彐”“心”组成“慧”。

4. 机群飞过巴格达（字一）邕

“机群”的样子像“巛”。“巴格达”本指伊拉克首都，在这里别解为"'巴'字和'方格'（口）全部到齐"，扣"邑"。"飞过"是提示"巛"在"邑"的上方。

5. 画桥流水清风里（字一）沉

"画桥"本指有图饰的桥梁，在此别解为"画出来的桥"，扣"冖"。"流水"是提示取"氵"。"风"字中间的"㐅"清掉，剩"几"。"氵""冖""几"组成"沉"。

6. 破镜重圆（化学分子式一）CO_2

"破镜"的样子像"C"。"重圆"别解为"两个圆形"，扣"O_2"。CO_2 是二氧化碳的化学分子式。

应用指引 用象物法制作的灯谜，其特点是把字词或其构件巧妙地比作某种形象化的东西，所以猜射时必须运用形象思维，充分发挥想象力，并要善于将形象化的描绘还原为字词或其构件，从而求索出谜底。

二、象字法

谜法介绍 利用一些字词形状相近的特点，借用某个字词扣击出字形相近的另一个字词，从而得出谜底。

谜例剖析

1. 恩准（逻辑术语一）形象思维

"恩准"两字形状像"思维"。谜底别解为"形状好像'思维'"。在过去，"好像"也写成"好象"，后来才统一规范为"好像"。

2. 初看以为是百官（美国建筑物一）白宫

"百官"一词形状像"白宫"。"初看以为是"是提示"百官"与"白宫"两个词的字形相近但不相同。

应用指引 利用形近字制作灯谜，要求字形必须非常接近，并且在谜面或谜底中必须加入"像""好像""疑是""似是""仿佛""误认""以为是"等提示字形相近的字词。

三、影像法

谜法介绍 根据物体在水中倒影、镜中反照、日下投影的原理，将谜面上的一些字、笔画、偏旁、部首加以改造而构成谜底。

谜例剖析

1. 镜中人（字一）入

物体照到镜中后，其左右方向是相反的。因此，如果把“人”当作一种物体的形状，那么它在镜中的形状就像“入”。

2. 湖中倒影（字一）潮

“湖”字中间是“古”。如果把“古”当作一种物体的形状，那么它倒影之后就增加了映象部分，这样一来，“湖”就变成了“潮”。

3. 双峰倒影，月牙弯弯（英文字母二）W、C

相连的两座山峰倒影的样子像“W”，弯弯的月牙样子像“C”。

应用指引　运用影像法制作的灯谜，谜面上通常出现“镜中”“水中”“倒影”“倒映”“照射”等字词，我们可以根据这些字眼判断其是否运用了影像法。如果是利用水中倒影或日下投影的原理，那么猜射时须根据字形映象去寻求谜底，或将字形连同其映象组合起来构成谜底；如果是利用镜中反照原理，则只需将字形反转过来就可以得到谜底。

运用象形法的灯谜，有的是整个谜面都以象形法扣合谜底，有的是谜面中部分文字以象形法扣合谜底。纯用象形法的灯谜并不多，但因为象形法经常与拆字法、会意法、借代法、拟声法混合运用，所以我们要重视象形法的学习。

●小试牛刀

1. 太阳从地平线上升起（字一，5笔）
2. 红旗飘扬（字一，9笔）
3. 草下藏着一只鸭（字一，4笔）
4. 瓜儿连着藤，藤儿牵着瓜（网络名词一）
5. 布下三面包围圈（字一，5笔）
6. 好像是美女（电影明星一，2字）
7. 风里来，雨里去，一篙相伴（字一，7笔）
8. 三人踢球，一人卧倒（字一，6笔）

●漫步谜宫

一、想一想

分析第12讲和第5讲中有关谜例，说说影像法与离合法中的辗转法有何不同。

二、猜一猜

1. 一弯新月伴三星（字一，4笔）
2. 卷尾猴（字一，5笔）
3. 新月挂天际（字一，5笔）
4. 天上星星（字一，6笔）
5. 中国排球（字一，4笔）
6. 风雨空中雁阵斜（字一，8笔）
7. 121（俗语一，3字）
8. 疑是玉人来（字一，6笔）
9. 两个葫芦（网络聊天用语一）
10. 两山倒影一山横（字一，8笔）

●资料卡片

灯谜象形素材选辑

灯谜所采用的象形素材，有的已经是约定俗成的，我们要注意多积累、多借鉴。现辑录部分象形素材于下：

丶（点）——星、球、泪珠、雨点、水滴、小鸟

丿——眉月、月牙、新月　　一——扁担、平地

丨——笔、箭、桅杆、直道　　亅——钓钩

彡——柳丝、斜雨　　卩、巾、中——船帆

卫、虫——帆船　　辶——船

巛——雁阵、飞机群　　田——窗子、荷叶

冖——小桥　　人——雁阵

丰——远树　　八——眉毛、胡子、山

个——竹叶　　灬——马蹄迹

士——飞机
亦——蝴蝶
×——双桨
丫——幼苗
双峰——M
双峰倒影——W
C——新月、月牙、残月
A——塔
干——蜻蜓
乙——鸭
阝——风中的旗
女——梅枝
厶——远山、鼻子
V——山倒影、峡谷
D——半月、弓

●故事长廊

秦观奔丧作诗谜

秦观，字少游，宋代著名诗人，与黄庭坚、晁补之、张耒并称“苏门四学士”（因苏轼提携而闻名于世的四位学者）。

据民间传说，有一天，秦观惊闻老母逝世，悲痛欲绝，立即乘船还乡。船行到江心，水急浪涌，一群海鸥绕船盘旋，声声哀鸣。秦观触景生情，随口吟道：“一条大船两根桅，九只海鸥绕船飞，六只停在桅杆上，两只落在船头尾，剩下一只孤零零，落在甲板淌眼泪。”这首应景而作的诗，抒发了秦观当时的哀伤之情。

其实，秦观这首诗是一则字谜，你能猜出谜底吗？

阅读点拨：故事中诗谜的谜底是“悲”。此谜运用了象物法，整首诗围绕“悲”字的形状结构进行了形象化的描绘。这个故事中的诗谜，也有一说是清代学者纪晓岚所作。其实，民间传说中的谜，很多是劳动人民创作出来的，只是为了让它流传开来才假托为名人所作。

第13讲　拟声法

●谜宫初探

鸡声伴雷声（台湾城市一，2字）

拟声法是拟声体灯谜所运用的法门。所谓拟声法，就是通过模拟声音使谜面与谜底相扣合的一种方法。拟声法包括象声法、谐音法和借音法等具体方法。拟声法较少单独使用，一般与拆字法、会意法、借代法、象形法混合运用。

●谜宫探幽

一、象声法

谜法介绍　将自然界中人、动物或其他物体的声音，借用字词读音模拟出来。这类灯谜一般是以谜底字词的读音，模拟谜面上所描述的声音。

谜例剖析

1. 听似猫儿叫两声（电影名一）苗苗

猫儿叫两声是“喵喵”，“喵喵”的发音接近“苗苗”。“听似”是提示“苗苗”音近“喵喵”。

2. 呆子打鼾声（口语一）傻乎乎

“呆子”会意扣“傻”，“打鼾声”是“乎乎”。

3. 犹闻钟鼓声（东北城市名一）丹东

钟的声音像“丹”，鼓的声音像“东”，所以“钟鼓声”扣合“丹东”。“犹闻”是提示声音相似。

4. 马鞭高扬，马蹄声声（成语）一举两得

“马鞭高扬”是举起鞭子，会意扣“一举”。马蹄的声音是“得”。“马蹄声声”别解为“马蹄发出两次声音”，扣“两得”。

应用指引　运用象声法制作的灯谜，猜射的关键是根据自然界各种声音的特点，寻找与之对应的象声词进行扣合。比如狗吠声是“汪”，鸡叫声是“喔”，羊叫声是“咩”，牛叫声是“哞”，猫叫声是“喵”，马蹄声是“得”，风声、打鼾声是“呼”等。在灯谜中运用象声法时，这些常见象声词可以用同音字、近音字替代，如“喵”可用“苗”替代，“汪”可用“旺”替代。

二、谐音法

谜法介绍 将一个字或词，用与它读音相同或相近的字词加以替换，从而构成谜底。此类灯谜一般是在谜面上用谐音字词来模拟谜底字词的读音。

谜例剖析

1. 好像是说“太太你可好”（外国电影名一）泰坦尼克号

“太太你可好”连读起来与“泰坦尼克号”的读音接近。“好像是说”是提示发音只是相似而已。这则灯谜扣合从容大方，很有幽默感。

2. 高山听松声（字一）嵩

“高”与“山”组成“嵩”。“听松声”是提示“嵩”读音像“松”。这则灯谜从形、音两个方面重复扣合谜底。

3. 鼓乐声中，婵娟依旧（字一）胡

“胡”字可拆成“古”和“月”。“鼓乐声”是提示“古”“月”读音分别像“鼓”“乐”。“月”以“婵娟”借代，“古”有“旧”的意思，所以“婵娟依旧”是提示将“月”与“古”组成“胡”。这则灯谜也是从形、音两个方面重复扣合谜底。

应用指引 运用谐音法制作的灯谜，猜射的关键是抓住谜面上的谐音字词，从字词读音入手寻求谜底。

三、借音法

谜法介绍 汉字、英语单词、英文字母、汉语拼音字母、音乐唱名等的读音互相借用，使谜面与谜底相扣合。比如，借汉字读音模拟英语单词读音，借汉语拼音字母读音模拟汉字读音，借音乐唱名读音模拟汉字读音，等等。

谜例剖析

1. 读英语数一数二（家用电器品牌一）旺兔

谜面别解为“用英语读数字‘一’和‘二’”。英语中的“一”是“one”，“二”是“two”，读音分别像“旺”“兔”。这则灯谜是借英语单词读音模拟汉字读音。

2. 33（成语一）靡靡之音

在正常情况下，谜面“33”是当作一个普通的数字来看的，但在这里要看作音乐唱名。在音乐唱名中，“3”的读音像“靡”，所以“33”扣合“靡靡”。“之音”是说明“靡靡”两字以读音扣合谜面。这则灯谜是借音乐唱名读音模拟汉字读音。

3. 点起烛火犹念伊（拼音字母一）i

蜡烛点起来后，样子像“i”。拼音字母“i”念起来像“伊”。这则灯谜是借汉字读音模拟拼音字母读音。

应用指引　运用借音法制作的灯谜，猜射时要在谜面别解的基础上联想到汉字、英语单词、英文字母、汉语拼音字母、音乐唱名等的读音，从而求得谜底。

在第二单元中，我们学习了灯谜的五种基本法门及具体谜法。猜某一则灯谜时，我们应该先判断这则灯谜用了什么法门，然后试着根据这种法门去寻找谜底。如果一种方法行不通，就要尝试用别的方法。猜谜时要尽量打开思路，多做一些尝试。必须指出，许多灯谜不是纯用一种法门，而是综合运用了多种法门，下一讲将专门介绍这方面的知识。

●小试牛刀

1. 狗儿欢叫，宝宝大笑（儿童食品商标二，2字＋3字）
2. 好像是锣鼓声（省名一，2字）
3. 声音不熟（字一，5笔）
4. 月挂堂上闻箫声（字一，7笔）
5. 我在房里读书（字一，12笔）
6. 八方人聚鼓声起（字一，7笔）
7. 欲于窗前听雨声（字一，6笔）
8. 英语读完走天下（字一，少笔）

●漫步谜宫

一、试一试

请你尝试搜集一些常用的象声词，以应对运用象声法制作的灯谜。

二、猜一猜

1. 朝闻马蹄声（口语一，3 字）
2. 湖中闻鼓音（字一，5 笔）
3. 好像是在说苻坚（省名一，2 字）
4. 闻雷声而归来（湖南县名一，2 字）
5. 耳边又闻曲声扬（字一，8 笔）
6. 闺中方闻啼哭声（字一，9 笔）
7. 恰似游鹅叫一声（字一，少笔）
8. 汗洒田间觅知音（字一，5 笔）
9. 蜡炬燃处哀声传（英文字母一）
10. b（飞机制造企业一，2 字）

●故事长廊

蒲松龄嘲弄财主

清朝著名文学家、《聊斋志异》作者蒲松龄，多次参加科举考试没能考中，只好靠教书为生。

有个财主望子成龙心切，慕名请蒲松龄教他的儿子。但财主的儿子娇生惯养，确实不好教。所以，不到三个月，蒲松龄就对财主说："令郎学有所成，老夫要告辞了。"财主听了十分高兴，摆酒为蒲松龄饯行。

酒至半酣，财主笑问："我儿子的文章怎么样？"蒲松龄答道："高山响鼓，声闻百里。"财主大悦，捋须又问："我儿子对四书五经是否精通？"蒲松龄笑着说："八窍已通七窍。"说完拱手，挑起书箱走了。

当晚，财主把喜讯告诉在衙门当师爷的胞弟，那师爷一听，哭笑不得，对财主说："大哥，你被那个教书匠戏弄了。"

阅读点拨：高山响鼓的声音是"噗通"，"噗通"发音接近"不通"。"高山响鼓，声闻百里"的真实意思是说财主儿子的文章狗屁不通，远近闻名——这是运用象声法。"八窍已通七窍"是暗示财主儿子一窍不通，这与灯谜的运算法相似，谜趣显而易见。

第 14 讲　混扣法和复扣法

●谜宫初探

不叫不吼是黑狗（字一，16 笔）

通过前面的学习，我们大致掌握了灯谜的五种基本法门，也接触了各种基本法门的典型谜例。在前面所学习知识的基础上，今天我们学习两种比较复杂的谜法：混扣法和复扣法。

●谜宫探幽

一、混扣法

谜法介绍　在一则灯谜中综合运用多种法门，使谜面与谜底相扣合。具体来说，就是在拆字、会意、借代、象形、拟声五种基本法门中运用不少于两种的法门，使谜面能够完整地扣合谜底。

谜例剖析

1. 楼头风细细（字一）栩

此谜综合运用了拆字法和会意法。“楼头”是提示取“楼”字前头的“木”。因为“习习”一词可以用来形容细柔的风，所以“风细细”会意为“习习”，扣“羽”。“木”与“羽”组成“栩”。

2. 秋雨点点落田间（字一）斜

此谜综合运用了借代法和拆字法。我国当代有一个著名学者叫余秋雨，所以借“秋雨”代替“余”。“点点”是提示取两个“、”。“田间”是提示取“田”字中间的“十”。“余”、两个“、”和“十”组成“斜”。

3. 情急无心垂钓钩（字一）静

此谜综合运用了拆字法和象形法。“情急无心”是提示将“情急”词中的“忄（心）”去掉，因而剩下“青刍”。“垂钓钩”

形状像“亅”。“青刍”与“亅”组成“静”。

4. 一声犬吠传门外（字一）润

此谜综合运用了拆字法和拟声法。“一声犬吠”扣“汪”。“传门外”是提示把“汪”放进“门”中时要有一部分露在外面，因而谜底是“润”。

5. 绿树前头栖双鸟（字一）精

此谜综合运用了会意法、拆字法和象形法。“绿”会意扣“青”。“树前头”是提示取“树”字前头的“木”。“双鸟”形状像两个“、”。“木”“青”和两个“、”组成“精”。

应用指引　运用混扣法的灯谜中，拆字法与其他法门混用的较多，而且最为常见的是单字谜底。猜射此类灯谜必须将各种法门融会贯通加以灵活运用，千万不能死抱一种法门不放。

二、复扣法

复扣法是指谜面的内容能够多次扣合谜底的制谜手法，包括简单复扣法和综合复扣法。

（一）简单复扣法

谜法介绍　在一则灯谜中，谜面以同一种法门多次扣合谜底，即纯用同一种法门重复扣合同一谜底。

谜例剖析

1. 进取一生，开拓一生；终其一生，奉献一生（字一）牛

此谜纯用拆字法四次扣合谜底。“进取一生”是提示谜底加进“一”便成为“生”字，可见谜底是“牛”。“开拓”“终”“奉献”都可以作为减损笔画的提示词，因而“开拓一生”“终其一生”“奉献一生”都是提示从“生”字中去掉“一”，所以都指向相同的谜底——“牛”。

2. 枝头累累实不少（字一）夥

此谜纯用会意法两次扣合谜底。“枝头累累”意思是说果实很多，会意扣“夥”。“实不少”别解为“果实不少”，同样是会意扣“夥”。

应用指引　运用简单复扣法的灯谜数量并不多，而且大部分是离合体灯谜，只要掌握这类灯谜的规律，猜起来并不太难。

（二）综合复扣法

谜法介绍 在一则灯谜中，谜面以不同法门多次扣合谜底，即谜面上各部分内容用不同法门重复扣合同一谜底。综合复扣法在实际应用中最常见的是拆字提义法和拆字提音法。

谜例剖析

1. 请你来猜谜，不要说话不要走，且站一旁，对着细想（字一）粗

“请你来猜谜”是提示从“谜”字去思索。“不要说话”是示意将“谜”字中的“讠”去掉，“不要走”暗示再去掉“辶”，于是剩下“米”。“且站一旁”是示意把“且”放在“米”旁边而组成“粗”。“对着细想”是提义，即提示谜底“粗”的字义与“细”相对。

2. 断一半，接一半，接起来，还是断（字一）折

“断”字取一半，“接”字也取一半，组合起来是“折”。“接起来，还是断”是提义，即提示谜底“折”字有“断”的意思。

3. 四面环山，宜种粮棉（字一）田

“田”字从上下左右四面看去像四个“山”环绕而成。“宜种粮棉”是提义，即提示“田”可以用来种粮种棉。

4. 虽然胜了又胜，但须慎之又慎（字一）兢

“克”有战胜的意思，所以“胜了又胜”可扣合“兢”。“慎之又慎”是提义，即提示谜底“兢”有谨慎小心的意思。

谜例1～4都运用了拆字提义法，即综合运用了拆字法和会意法。

5. 花前半隐听琴声（字一）芹

谜面顿读为“花前/半隐听/琴声”。“花前”是提示取“花”字前头的“艹”。“半隐听”是提示将“听”字一半隐藏，扣“斤”。“艹”与“斤”组成“芹”。“琴声”是提音，即提示“芹”字读音同“琴”。

6. 未见美人，先闻其声（字一）鲜

根据十二时辰与十二生肖的对应关系，“未”可借代“羊”。“美人”本指美女，在此转指美人鱼，用以借代“鱼”。“鱼”与“羊”组成“鲜”。“先闻其声”是提音，即提示“鲜”字读音同“先”。

7. 勤苦之后扬家声（字一）加

“勤”“苦”两个字的后边分别是“力”“口”。但是，“力”与“口”既可组合成“加”，也可组合成“另”或“叻”，会不会出现多种谜底呢？不用担心，因为“扬家声”已提示猜出来的字读音同“家”，所以谜底只能是“加”。

8. 西楼含泪听乡音（字一）湘

“楼”的西边是“木”，“木”与“泪”组合起来是“湘”。“听乡音”是提音，即提示“湘”字读音同“乡”。

谜例5～8都运用了拆字提音法，即综合运用了拆字法和拟声法。

9. 说太行，道昆仑（字一）讪

“说”和“道”都可以会意扣“讠”，“太行”和“昆仑”都可以借代“山”。“讠”与“山”组成“讪”。“说太行”和“道昆仑”重复扣合同一谜底。

谜例9综合运用了会意法和借代法。

10. 古城墙头听蛙声（字一）凹

“古城墙头”的形状像“凹”。“听蛙声”是提示“凹”字有一种读音同“蛙”。

谜例10综合运用了象形法和拟声法。

11. 失足摔倒才叫爹（字一）跌

“失”与“足”两个字组成“跌”。“摔倒”是解释“跌”字含义。“才叫爹”是提示“跌”字读音同“爹”。

谜例11综合运用了拆字法、会意法和拟声法。

12. 并非远树起风声（字一）丰

“非”字左右两边“并”起来，正好是“丰”字。“远树”形状像“丰”。“起风声”是提示“丰”字读音同“风”。

谜例12综合运用了拆字法、象形法和拟声法。

13. 听声音知是妹子，看样子生了儿子（字一）甥

“听声音”是提示“甥”字读音同“声”字。“知是妹子”是提示“甥”可以指妹妹的儿子。因为“男”有一义项是“儿子”，所以“看样子生了儿子”是提示“甥”字由“生”和“男”组合而成。

谜例 13 综合运用了拟声法、会意法和拆字法。

应用指引 综合复扣法是灯谜法门综合运用的生动体现，运用综合复扣法的灯谜在年轻的灯谜爱好者中很受欢迎。猜这类灯谜时，要从最容易猜的部分入手，一层一层弄清楚扣合手法，最后才确认谜底。以最常见的拆字提义法和拆字提音法为例：首先应当注意观察谜面，把“拆字”部分与“提义”或“提音”部分区分开来，先根据“拆字”部分初步猜出谜底，再用“提义”或“提音”去验证谜底，如果字义或读音相同，便可断定谜底确切无疑。

●小试牛刀

1. 有一人，不小了（字一，少笔）
2. 苗逢雨，花含苞（字一，16 笔）
3. 独具匠心，前所未有（字一，4 笔）
4. 大地之春（字一，10 笔）
5. 半夜三更来垂钓（古代教育家一，2 字）
6. 树间布谷叫犹急（字一，7 笔）
7. 塔前破寺闻风声（字一，9 笔）
8. 为数虽少，却在百万之上（字一，少笔）

●漫步谜宫

一、想一想

结合第 14 讲中有关谜例，说说混扣法与复扣法有什么不同。

二、猜一猜

1. 人有它大，天没它大（字一，少笔）
2. 居心不善，有口难言（字一，6 笔）
3. 其言有诈，怎可放心（字一，5 笔）
4. 这个变化真不小（字一，少笔）
5. 立春之后才一日（字一，5 笔）
6. 二足并拢，不敢非议（字一，9 笔）
7. 是黑不念黑，点睛就能飞（字一，4 笔）
8. 子分居兮叹离别，重团圆兮意急切（字一，8 笔）
9. 冬至方闻击鼓声（字一，8 笔）

10. 丹唇未启笑先闻（字一，9笔）

●故事长廊

奇谜难倒乾隆帝

有一年元宵节，乾隆皇帝在宫中与君臣一起观灯猜谜。他兴致勃勃地来到一盏大彩灯前，只见上面写着一则对联形式的灯谜：

黑不是，白不是，红黄更不是，和狐狼猫狗仿佛，既非家畜，又非野兽；

诗也有，词也有，论语上也有，对东西南北模糊，虽为短品，也是妙文。

一向以圣才自诩的乾隆反复吟咏，冥思苦想，但是没能猜出谜底。身边的大臣们也都摇头咂嘴，连说："难猜，难猜！"乾隆没了辙，只好对身边的纪晓岚说："这个灯谜是你编的，乱七八糟的真叫人莫名其妙，谜底到底是什么呀？"纪晓岚眯着眼睛嘻嘻一笑，朝皇帝拱了拱手，然后在上联处写了个"猜"，在下联处写了个"谜"。众人一看，恍然大悟：原来谜底是"猜谜"。乾隆拊掌大赞："妙哉！妙哉！"

原来，"黑不是，白不是，红黄更不是"暗扣"青"。跟狐、狼、猫、狗差不多的是"犭"（同"犬"。古时候，"狗"和"犬"有区别，小个儿的叫"狗"，大个儿的叫"犬"）。"犭"与"青"组成"猜"，这个"猜"当然不是家畜，也不是野兽。下联前三句暗扣"言"，因为诗、词、论、语四个字都包含了"言"（今简化为"讠"）。"对东西南北模糊"会意扣"迷"。"言"与"迷"组成"谜"。灯谜作为一种文学形式，虽然是小品，但确实是妙文。

阅读点拨：故事中灯谜的谜面，上联运用了拆字法中的漏字法和排除法，句中所列颜色漏掉了青，也排除了黑、白、红、黄，由此暗示谜底中有"青"这一字素；所列动物漏掉了犬，也排除了家畜和野兽，由此暗示谜底中有"犭"这一字素。下联主要是运用拆字法中的包含法和会意法中的正扣法。必须指出的是，有些所谓的古代谜语故事是后人编写的，只是为了情节生动才将它“嫁接”到某些历史名人身上，因此，我们在欣赏这些谜语故事时，不能将其等同于史实。

（清）元宵猜灯谜

第三单元　谜格和花色谜

有一些对灯谜不太了解的人以为每一则灯谜都有谜格，所以他们觉得灯谜很难猜。这种想法，其实是一种误解，因为灯谜只是在特殊情况下才使用谜格，绝大部分灯谜并没有使用谜格，而且使用谜格的灯谜也不一定就难猜。

另外，有些灯谜的谜面并不是以我们通常所见的文字形式出现，而是以图画、书法、印章、实物、动作等作为谜面，这些特殊形式的灯谜就是花色谜。

使用谜格的灯谜和花色谜虽然都是比较特殊的灯谜，但它们所运用的法门与普通灯谜是一样的。本单元我们一起来了解谜格和花色谜的相关知识。

第15讲 常见谜格的用法

●谜宫初探

南北朝时期，梁元帝有个妃子叫徐昭佩，史称徐妃。徐妃因才貌平平，梁元帝对她较冷淡，她也因此内心愤懑。梁元帝独眼，徐妃为发泄不满，每次梁元帝来见她时总是故意只化半面妆迎接他。梁元帝见到这种装扮，知道是徐妃在讥讽他独眼，所以每次都大怒离去。

灯谜中的徐妃格，就得名于这个"徐妃半妆"的故事。

谜格就是灯谜的格律，它是在灯谜发展过程中逐步形成，并成为猜谜者和制谜者共同遵守的格式和规则。谜格种类繁多，仅灯谜书籍记载的就有数百个，但多数谜格已被弃用，只有少数谜格还在使用。下面结合谜例，介绍六大类二十个常见谜格的用法。

●谜宫探幽

一、常见谜格用法及谜例

（一）逆读类谜格

秋千格　谜底限定两字，通过倒读扣合谜面。

谜例：节约能手（地理名词一·秋千格）省会

谜底读作"会省"，别解为"擅长节省"。

卷帘格　谜底不少于三字，通过倒读扣合谜面。

谜例：国庆节和劳动节（成语一·卷帘格）一五一十

谜底读作"十一五一"。"国庆节"是"十一"，"劳动节"是"五一"。

（二）移字类谜格

上楼格　谜底不少于三字，末字移到最前面来读。

谜例：放眼全球（哲学名词一·上楼格）世界观

谜底读作"观世界"。"观"有看的意思。

下楼格　谜底不少于三字，首字移到最后面来读。

谜例：你的稿件已收到（生物学家一·下楼格）达尔文

谜底读作"尔文达"。"尔"别解为"你"。

调首格　又名掉首格。谜底不少于三字，前两字位置对调。

谜例：只讲现在和将来（口语一·调首格）说不过去

谜底读作"不说过去"。"过去"由"现在""将来"夹击而出。

调尾格　又名掉尾格。谜底不少于三字，后两字位置对调。

谜例：化妆室（常用语一·掉尾格）打扮入时

谜底读作"打扮时入"，别解为"打扮时进入"。

蕉心格　谜底不少于四字，字数为偶数，正中间两字位置对调。

谜例：刘玄（成语一·蕉心格）德才兼备

谜底读作"德兼才备"，别解为"'德'字加进来才是刘备"。刘备字玄德，所以也称"刘玄德"。谜面是汉代人名。

双钩格　谜底限定四字，前两字与后两字位置对调。

谜例：众人齐赞有能耐（成语一·双钩格）言行一致

谜底读作"一致言行"，别解为"一齐说有能耐"。"行"别解为"有能耐"。

（三）谐读类谜格

白头格　谜底不少于两字，首字读成谐音字。

谜例：走读（哲学名词一·白头格）形而上学

谜底谐读为"行而上学"，别解为"步行去上学"。

素心格　谜底不少于三字，字数为奇数，正中间一字读成谐音字。

谜例：默读（学科名一·素心格）心理学

谜底谐读为"心里学"，别解为"在心里学习"。

粉底格　谜底不少于两字，末字读成谐音字。

谜例：日复一日去旅行（外用药一·粉底格）二天油

谜底谐读为"二天游"。"日复一日"别解为"两日"，扣"二天"。

梨花格　谜底不少于两字，每个字都读成谐音字。

谜例：大海怒潮（电声器件一·梨花格）扬声器

谜底谐读为“洋生气”。谜面上的“怒”别解为生气。

（四）半读类谜格

徐妃格　谜底不少于两字，每个字都是左右结构而且偏旁部首相同，去掉相同的偏旁部首后扣合谜面。

谜例：独身主义（城市一·徐妃格）邯郸

“邯郸”两字都去掉“阝”，就剩下“甘单”。“甘单”别解为“甘愿单身”。

摘遍格　又名雍正格。谜底不少于两字，每个字都是上下结构而且上半截的偏旁部首相同，在去掉相同的偏旁部首后扣合谜面。

谜例：俱往矣（山东地名一·摘遍格）莱芜

“莱芜”两字都去掉“艹”，就剩下“来无”。“俱往矣”别解为“都去了”，反向扣合“来无”。

只履格　谜底不少于两字，末字为左右结构，去掉末字一半后扣合谜面。

谜例：白云生处有人家（我国戏曲种类一·只履格）高山剧

“剧”去掉一半后剩下“居”，于是谜底以“高山居”扣合谜面。

（五）对偶类谜格

遥对格　谜底不少于两字。谜面与谜底成对偶句式，平仄协调，对仗工稳，犹如对联中的“无情对”。

谜例：贫民窟（日本风景区一·遥对格）富士山

“富”对“贫”，“士”对“民”，“山”对“窟”。“富士山”与“贫民窟”内容风马牛不相及，属于“无情对”。

求凰格　谜底不少于两字。以谜面为上联，求出字数相等、平仄协调的下联，并在下联附加“双”“对”“联”“齐”“匹”“配”等说明对仗关系的关联词而构成谜底。

谜例：鼠打洞（成语一·求凰格）对牛弹琴

以“牛弹琴”对“鼠打洞”，并附加关联词“对”而构成谜底。

（六）特殊谜格

亥豕格　谜底不少于两字，全部或部分字讹读成形近字。

谜例：甘罗十二为丞相（单位名一·亥豕格）少年宫

“宫”讹读作“官”，使谜底以“少年官”扣合谜面。

回文格　谜底不少于两字，先顺读一次，再倒读一次，以读出来的完整意思扣合谜面。

谜例：猜谜能手把谜猜（《水浒传》人物诨号一·回文格）打虎将

谜底读作“打虎将，将虎打”。前一个“将”是名词，后一个“将”是副词。灯谜别称“文虎”，猜谜能手雅称“打虎将”。

骊珠格　又名探骊格。谜面字数不限，不标明谜目，猜谜者需将谜目连谜底一同猜出。谜目和谜底以连贯的语义整体扣合谜面。

谜例：轻声细语话少时（骊珠格）小说·童年

谜目“小说”从谜面中会意得出，与谜底连读为“小说童年”，并理解为“小声地说起童年时”以扣合谜面。

初学灯谜者能熟悉并记住上面所介绍的谜格就基本够用了，涉猎太多谜格并没有多大意义。但必须记住，凡是用格的灯谜一定要按照格法去猜射，否则无法猜中，即使偶尔“蒙”对谜底，也无法解释清楚谜面与谜底如何扣合。

二、谜格应用指引

对于谜格，灯谜艺术界有三个经常使用的术语：格助谜活；无格胜有格；有格化无格。为了正确运用谜格，我们有必要了解这三个术语。

（一）格助谜活

谜格的作用是改造谜底，形成别解，使谜底与谜面能够相扣合。通过运用谜格，一些本来难以成谜的谜底素材经过改造后，能够与谜面相扣合，使这些谜底素材得以起死回生。这种情形，就是谜界所说的“格助谜活”。可见，运用谜格能够扩大谜底素材的选取范围，丰富灯谜的创作手段，并在一定程度上增强了谜趣。

（二）无格胜有格

因为谜格增加了特殊规定和要求，使谜面与谜底的扣合更加复杂化，因而一定程度上提高了猜射的难度。所以，大多数制谜者信奉“无格胜有格”，并尽量避免使用谜格，只是在不得已的情况下才运用谜格。

（三）有格化无格

有些灯谜不直接标明谜格，而是在谜面中暗示猜射时需要运用某个谜格，这就是“有格化无格”。请看以下谜例：

1. 今天荡秋千（国名一）日本

“荡秋千”是暗示这则灯谜要按照秋千格的要求，将谜底倒过来读才能扣合谜面。谜底“日本”倒读就是“本日”，正好扣合谜面上的“今天”。这则灯谜是化用秋千格。

2. 珠帘卷起异香来（外国画家一）达·芬奇

“珠帘卷起”是暗示这则灯谜要按照卷帘格的要求来猜。那么，按照卷帘格的要求，“达·芬奇”要倒读作“奇芬·达”。“奇芬·达”别解为“奇异的芬芳到达”，刚好扣合谜面上的“异香来”。这则灯谜是化用卷帘格。

●小试牛刀

1. 千年瓷碟（中国神话人物一·秋千格，2 字）
2. 太平洋岛屿（世界海名一·卷帘格，3 字）
3. 要打此路过，留下买路钱（金融机构一·蕉心格，4 字）
4. 第三代赢了第一代（《水浒传》人物一·下楼格，3 字）
5. 废品（《水浒传》人物一·白头格，2 字）
6. 辨别雄雌（数学名词一·调首格，3 字）
7. 汉子（画家一·遥对格，2 字）
8. 长相像八戒（骊珠格，2 字+1 字）

●漫步谜宫

一、想一想

在你所接触的灯谜中，使用谜格的灯谜多不多？有些人误认为“凡是灯谜都有谜格”，你将怎样向他们解释？

二、猜一猜

1. 历史迷局（国名一·秋千格，2 字）
2. 生病期间不吃辣（南宋词人一·卷帘格，3 字）
3. 无意作对（城市一·徐妃格，2 字）
4. 油煎豆腐（唐代诗人一·白头格，2 字）
5. 耐心垂钓（数学名词一·粉底格，2 字）
6. 独家销售（欧洲国名一·梨花格，2 字）
7. 最后得益（花名一·摘遍格，2 字）
8. 黄金（著名画家一·求凰格，3 字）
9. 夫妻都到古稀年（曲艺形式一·只履格，3 字）
10. 非常有能耐（金融名词一·亥豕格，2 字）

●故事长廊

雍正格名称的由来

清代的雍正皇帝在位时，文字狱盛行。当时，江西考试官查嗣庭出了一道作文题，叫“维民所止”。本来，这题目出自《诗经》，有爱民之意，完全符合儒家的思想。但是，雍正听说后，觉得题中的“维”“止”是“雍正”两字去掉头——这岂不是要杀自己的头吗？这一下不得了，雍正下令将查嗣庭全家逮捕严办。查嗣庭受到残酷折磨，含冤死于狱中。因有这个故事，灯谜中的“摘遍格”就有一个别名叫“雍正格”。

骊珠格名称的来历

传说古代有一户人家靠割芦苇、编帘子簸箕为生，家境非常贫困。有一天，这户人家的儿子潜到深渊中，从一条凶猛的黑龙颌下取得一颗非常珍贵的明珠。回到家中，父亲一见明珠，就问他是从哪儿得到的。听完儿子介绍经过后，父亲说：“好险哪！这颗价值千金的明珠是长在黑龙下巴处的，你摘它的时候黑龙必定是睡着了。它要是醒着，你可就没命了。”

这个故事记载于《庄子·列御寇》中，是成语“探骊得珠”

的出处，也是灯谜中骊珠格名称的出处。“骊”是指“黑龙”。成语“探骊得珠”原指冒大险得大利，后常比喻文章含义深刻，措辞扼要，能扣紧主题。

阅读点拨：谜格的命名是非常有讲究的，不少谜格的名称还有相应的来历。骊珠格的得名，是因为猜这类灯谜必须先找到谜目才能得到谜底，就像上面故事中的儿子寻宝一样，要先找到黑龙才能得到明珠。

第 16 讲　花色谜的猜射方法

●谜宫初探

传说，明朝洪武年间，有一年元宵节，明太祖朱元璋微服到街上观灯猜谜，有一则画谜把他难住了：画面上是一个妇人，怀里抱着一个西瓜，底下露出一双大脚。回宫后，朱元璋将此谜告诉马皇后。马皇后听罢，当场气得跳起来："谁胆大包天，竟敢嘲弄老娘我！"原来，这则画谜的谜底是"怀西女子好大脚"。马皇后老家是淮西（在谜中谐读为"怀西"，别解为"怀抱西瓜"），生就一双大脚。朱元璋非常生气，立即下令将制谜人的家族全部诛杀，真是惨无人道！

画谜只是花色谜中的一种，目前可见的花色谜有几十种之多。下面结合谜例，介绍常见的六种花色谜及其猜射方法。

●谜宫探幽

一、画谜

谜种介绍　顾名思义，画谜是以图画作为谜面的灯谜。画谜形象生动，趣味性强。猜画谜必须理解画面所要表达的意思，抓住画面的主要特点，在谜目限定的范围内去寻求谜底。猜画谜不同于看图说话，因为画谜的谜底经过了别解。

谜例剖析

漫画标题：“欢迎”举报　　漫画作者：唐春成

谜目：成语一　　谜底：难以置信

漫画中，一个手拿举报信的人，在举报箱前被两只虎视眈眈的恶犬吓得冷汗直流，掉头跑开。根据漫画中举报人难以放置信件这一层意思，会意扣合谜底“难以置信”。谜底中的“置信”本来意为相信，在此别解为“放置信件”。

二、书法谜

谜种介绍　书法谜是以特定字体的书法作品作为谜面的灯谜。因为灯谜活动所用的谜笺一般以毛笔书写，所以为了将书法谜与一般灯谜区别开来，必须在书法谜的谜笺上注明“书法谜”以避免混淆。猜书法谜时，要先根据书法内容猜出某些字词，然后根据书法的特点，附加“书”“题”“篆”“隶”“草”“行”“楷”“正”等与书法有关的特征字，以构成完整的谜底。

谜例剖析

书法内容：春风又绿江南岸（草书）

谜目：歌曲名一　　谜底：青青河边草

谜面是王安石《泊船瓜洲》中名句。“春风又绿江南岸”会意扣“青青河边”。因为这幅书法是草书，所以要在“青青河边”附加表示书法作品的特征字“草”，使之成为“青青河边草”。

三、印章谜

谜种介绍　印章谜简称印谜，是指以印章盖出来的文字或图案作为谜面的灯谜。猜印章谜时，要先根据印文猜出某些字词，然后根据谜目的要求附加“印”“章”“金”“石”“盖”“刻”“阴文”“阳文”“白文”“朱文”等与印章有关的特征字。印章谜品味高雅，有独特的艺术魅力。

谜例剖析

印文：冲天将军之印

谜目：《三国演义》人物一　　谜底：黄盖

唐末农民起义领袖黄巢自称“冲天大将军”，因而印文以借代法扣“黄”，附加特征字“盖”后，便是谜底“黄盖”。

四、实物谜

谜种介绍　实物谜是以所展示的实物作为谜面的灯谜。猜实物谜时，要从实物的名称、形态、特征、性能等方面去联想，从而求索出谜底。

谜例剖析

实物：桌子上摆一台铁扇叶的电风扇

谜目：《水浒传》人物诨号一　　谜底：铁扇子

从电风扇的铁扇叶这一特征，可领悟出谜底“铁扇子”。

五、动作谜

谜种介绍　动作谜是以做动作代替谜面的灯谜。动作谜往往利用一些实物作为道具配合动作表演，让人们根据所做动作猜出谜底。

谜例剖析

动作：一个人面对桌上的香蕉和核桃，先看看核桃，摇了摇头，后瞧瞧香蕉，面露微笑，最后掰开香蕉吃起来。

谜目：俗语一　　谜底：吃软不吃硬

香蕉是软的，核桃是硬的，只吃香蕉不吃核桃就是“吃软不吃硬”。

六、哑谜

谜种介绍　哑谜是以实物代替谜面并用动作代替谜底的灯谜。具体形式是：谜台上摆出实物，猜谜者不必说出谜底，只需利用实物做动作。

谜例剖析

实物：桌子上放一根香蕉、一个苹果和一把水果刀。

谜目：2 字常用词一

谜底：剥削（动作：先剥掉香蕉的皮，再拿刀削去苹果的皮）

猜这个哑谜的人，只需做出剥香蕉皮、削苹果皮的动作，无须说出谜底，因为谜底就包含在动作中。

●小试牛刀

1. 画谜：根据下图猜元代著名戏剧家一（3 字）。

提示：屈将室位于湖南省郴州市苏仙岭，张学良将军曾被蒋介石囚禁在这里。张学良，字汉卿，爱国将领，西安事变发起人之一。

2. 书法谜：根据下面书法作品猜成语一句（5 字）。

3. 哑谜：桌子上摆一盏亮着的台灯，要求利用实物做动作，

猜礼貌语用词一（2字）。

●漫步谜宫

一、想一想

分析有关谜例，说说实物谜、动作谜和哑谜有什么不同？

二、猜一猜

1. 画谜：根据下图猜字一（8笔）。

提示：图中人物是我国古代仕女。

2. 画谜：根据下图猜口语一（3字）。

3. 书法谜：根据下面书法作品（行书）猜成语一（4 字）。

4. 书法谜：根据下面书法作品（楷书）猜三国人物一（2 字）。

5. 印章谜：根据下面印章猜《水浒传》人物一（2 字）。

印文：给力宁波

提示：宁波简称“甬”，是浙江省的一个港口城市。

●故事长廊

元宵灯谜讽奸臣

南宋时期，秦桧专权，谗害忠良，百姓敢怒而不敢言。

据民间传说，有一年元宵，宋高宗赵构为了粉饰太平，下令百姓献灯。在形形色色的彩灯中，有一盏蟹灯引人注目，其中八只蟹脚的尖爪上各粘着一个字，连起来是“春来秋往，压日无光”。赵构思索了好久，不知个中意思。

这时，善于拆字的谢石在旁提示说：“皇上，蟹乃横行之物，百姓以此献灯，必有深意。”赵构沉吟半晌，令太监把蟹灯送给秦桧。秦桧看到蟹灯上的字后，勃然大怒，一气之下竟借故把谢石杀了。

原来，“春”字中的“日”被压就只剩下上半部；“秋”字“无光”就是没有“火”，剩下“禾”。“春”字上半部与“禾”正好组成“秦”。显然，蟹脚粘着的“春来秋往，压日无光”八个字，是暗讽秦桧像螃蟹一样横行霸道。

阅读点拨：这个故事中的灯谜，将文字和实物结合起来作为谜面，辛辣地讽刺了弄权专横的奸臣秦桧。从这则灯谜中，我们可感受到实物谜等花色谜的趣味性。

元宵赏花灯

第四单元　灯谜的创作及活动

文学作品中有洋洋洒洒的长篇小说，也有短小精悍的诗词曲赋，但篇幅最小的无疑是灯谜。可以说，灯谜是一种超短篇的微型文学作品，一句话、一个词乃至一个字都可以作为谜面。

灯谜的创作有它自身的规律性。制作灯谜不仅要讲究遣词炼字，更要使谜面与谜底的扣合浑然一体。好的灯谜文采斐然、机巧幽默、生动有趣，能带给人们美的享受和心灵的愉悦。

在前面三个单元中，我们侧重学习了猜谜的方法。其实，制谜和猜谜的道理是一样的，用什么方法去猜谜就用什么方法去制谜，所以，会猜谜的人往往能琢磨出制谜的诀窍。我们在本单元中将学习灯谜创作常识，并了解一下开展灯谜活动的有关知识。

第 17 讲　怎样创作灯谜

●谜宫初探

早梅半放花苑前（水果名一，2 字）

学习制作灯谜，必须了解灯谜创作的基本规范，掌握灯谜的基本法门及具体谜法，并注意避免出现谜病。

●谜宫探幽

一、灯谜创作的基本规范

如同诗词、对联等文学艺术一样，灯谜创作也有一些特定的规范。下面介绍灯谜创作的基本规范。

（一）谜面必须成文

谜面通常是以文字的形式出现，所以要遵守语言文字规则。谜面的每一个字必须是规范字，多于一字的谜面必须是符合语法要求的词语，否则就是病谜。例如：

必刀（成语一）心有余而力不足

谜面“必刀”纯粹是制谜者为将就谜底而生造的词，根本不成文，所以属于病谜。

（二）面与底不相犯

为了突出“隐”的特点，谜面上任何字与谜底中任何字不能相同。谜面上有与谜底相同的字，叫“犯底”；谜底中有与谜面相同的字，叫“犯面”。不管是“犯底”还是“犯面”，都是不允许的。例如：

更上一层楼（体育名词一）引体向上

单纯从谜法看，这则灯谜的谜面与谜底的扣合是贴切的，但因为谜面、谜底都有“上”字，所以属于病谜。

（三）成谜须有别解

别解是灯谜的本质属性，所有灯谜都必须有别解。如果谜面和谜底的全部字词都按照通常语义去解释，那就不能成为灯谜。请看以下例子：

青出于蓝而胜于蓝（成语一）后来居上

“青出于蓝而胜于蓝”本身就含有“后来居上”的意思，“谜面”“谜底”之间不过是语义互释而已。可见，这则“灯谜”全部字词都保留了通常语义，完全没有别解，所以不能成为灯谜。

武则天登基（成语一）后来居上

谜底中，“后”别解为“皇太后”，“上”别解为“皇上”。于是，谜底意思变成“皇太后坐在了皇上的位子上”。有了别解，这则作品就能够成为灯谜。

（四）一谜不能多底

这里说的“多底”是指多种谜底，而不是指多个谜底。一个谜面可以有多个谜底，但只能对应一种谜底或者说一种答案。一则灯谜如果猜出多种谜底，那就说明这则灯谜的制作不严谨。比如，以“半推半就”为谜面猜一个字，既可猜“掠”，也可猜“扰”，明显有多种谜底。当然，同样的谜底可以有不同的谜面，同样的谜面也因谜目不一样而可以有不同的谜底。

二、灯谜创作的两种方式

灯谜创作有“以底求面”和“以面求底”两种方式，最为常见的是“以底求面”。

（一）以底求面

灯谜创作一般是先有谜底，然后运用灯谜的法门为它配上谜面，这种方式就是以底求面，即谜界所说的“与虎谋皮”。其基本步骤如下：

选定谜底。谜底不能过于生僻，要选用那些多数人能知道的内容作为谜底。同一则灯谜可以有多个谜底（字谜除外），如“城市名二”“数学名词三”等；但不要混杂，像“古代人、现代人各一”等就不合适。

配制谜面。可以选用诗、词、古文中句子或成语、俗语、常用词等作为谜面，也可以自己创作谜面。创作谜面时，遣字用词必须符合语言文字规范，还要注重文采。制谜时运用的法门不同，同一个谜底就有不同的谜面。以谜底“恐龙”为例，同样运用会意法，可以配上“伴君如伴虎”或“叶公见之，弃而还走”的谜面；如果综合运用拆字法和会意法，则可用“惶”作为谜面（将“惶”字拆开成“怕王”）。

标注谜目和谜格。谜目范围的宽窄要适度，太宽的谜目让人猜起来如大海捞针，太窄则一猜就中没有挑战性。例如，以“屈原”作为谜底，谜目定为“古人一”太宽，定为“战国时期诗人一”太窄，定为“古代诗人一”就恰到好处。此外，如果需要运用谜格，就要将谜格标示出来。

（二）以面求底

有时候，以现成的字、词、句作为谜面，然后运用灯谜的法门为它配上谜底，这种方式就是以面求底。其基本步骤如下：

选定谜面。一般是利用诗、词、古文中句子或成语、俗语、常用词、新词热词等作为谜面，或者为了突出某个主题而将该主题相关的字、词、句作为谜面。

设计谜底。所选用的谜底，在与谜面相扣合时必须有别解，千万不能像语文课概括句子内容那样设计谜底，也不能把谜底设计成像知识性问答题一样的答案。

标注谜目和谜格。这方面的要求与以底求面一样。

不管是以底求面还是以面求底，在完成灯谜创作之后，自己要先试猜一下，看看谜面与谜底的扣合是否符合灯谜创作的基本规范，谜法运用是否妥当，有没有谜病，这样才可以放心地将其拿出来让人猜射或发表。

三、需要注意的几个问题

制谜并不难，但要制出好谜就不是一件容易的事。灯谜的创作，除了要遵守灯谜创作的基本规范之外，还必须注意以下几个问题：

（一）避免出现闲字

闲字是指谜面上或谜底中多余的字词。闲字的存在，导致谜面与谜底不能丝丝入扣，也干扰了猜谜思路。例如：

红色娘子军（字一）姝

“红色”扣“朱”，“娘子”扣“女”，“朱”与“女”就可以组合成“姝”。可见，“军”字在谜底中没有着落，是多余的闲字。

要避免出现闲字，必须提高语言概括能力，力求精练，尽量不给闲字留下余地。

（二）避免面底倒吊

运用借代法制谜时，如果借具体事物名称代该类事物统称，那么必须是具体事物名称在谜面上，该类事物统称在谜底中。换言之，必须是下位概念（俗称“小概念”）在谜面上，上位概念（俗称“大概念”）在谜底中。如果相反，就会出现谜界所说的“面底倒吊”。例如：

围城（成语一）包罗万象

万象是老挝首都，是一个城市，以“城”扣“万象”属于面底倒吊。如果“万象”在谜面上，猜谜者不难想到“城”；但如果“城”在谜面上，猜谜者是很难想到“万象”的，因为全世界有太多的城市。这则灯谜改为“包罗万象（钱钟书小说一）围城”，就可以成立。

（三）避免当头用典

当头用典是指谜面与谜底所指的人和事相同。例如：

伯牙一曲遇知音（古代乐曲一）高山流水

俞伯牙得到钟子期激赏的乐曲正是《高山流水》，谜底所指的也是这首乐曲，所以属于当头用典。

当头用典的弊端是谜面与谜底以直解扣合，没有别解，违反了灯谜创作的基本规范。

（四）避免褒贬失当

制谜者如果只专注于别解，不注意整则灯谜的立意，有时就会导致谜面与谜底的感情色彩不一致，从而出现褒贬失当的问题。

行善（成语一）为非作歹

从扣合来看，谜底顿读作“为/非作歹”并别解为“行为不是在做坏事”，与谜面刚好能够相扣合。但是，把“行善”与“为非作歹”相提并论，是与“为善最乐”的传统美德唱反调，实不足取。

制作灯谜必须考虑它的社会效果，努力避免出现褒贬失当问题，尽量做到思想性和艺术性相统一。

灯谜创作除了要注意上述问题之外，还要注意避免出现字形认错、字义误差、逻辑漏洞等谜病。

“文章本天成，妙手偶得之。”灯谜创作要达到这样的境界，除了必须熟练掌握创作技巧，还要有丰富的知识储备。不管是创作灯谜还是猜射灯谜，都需要多学习和积累书本知识、生活知识。请记住：灯谜不仅仅是一种艺术形式，它更是学习百科知识的“助推器”！

●小试牛刀

试指出下列灯谜的不当之处。

1. 悬崖勒马（国名一）危地马拉
2. 一个巴掌拍不响（成语一）孤掌难鸣
3. 米青示申（医学名词一）精神分裂
4. 四方归心（字一）愣
5. 展翼高翔于蓝天之上（《三国演义》人物一）张飞
6. 怀石投汨罗（战国时期人物一）屈原
7. 水中花（我国河名一）牡丹江
8. 桃李满天下（成语一）花花世界
9. 何处拾贝壳（电影名一）上海滩
10. 东方之剑（医学名词一）主刀

●漫步谜宫

一、试一试

回忆一下，你对哪些灯谜印象比较深刻，试着模仿这些灯谜的创作手法制作几则灯谜。

二、想一想

下列灯谜有哪些不当之处？

1. 屡犯差错（成语一）一误再误
2. 目页（成语一）瞻前顾后
3. 体温计（物理名词二）能量、温度
4. 保护色（汉代名将一）卫青

5. 出口物资（口语一）不中用

6. 宝马奔驰（字一）轰

7. 莲花池（山东城市名一）菏泽

8. 环境美（电影演员一）周洁

三、猜一猜

1. 主动大方（国际组织一，3 字）

2. 二手音响（成语一，4 字）

3. 统率三军是兄长（称谓一，2 字）

4. 金银首饰（偏旁部首名称一，3 字）

5. 成年后走出峻岭（山名一，3 字）

6. 两人实行 AA 制（俗语一，7 字）

7. 飞刀，又见飞刀（字一，4 笔）

8. 风靡全世界（玩具一，2 字）

9. 狼烟西来闻敌声（字一，7 笔）

10. 腼腆只因未遮丑（字一，10 笔）

●故事长廊

巧妙断句赢官司

有个吝啬的财主，人称“铁公鸡”。这个财主为了儿子将来能够升官发财，便想聘一位先生教儿子读书，但因他非常刻薄，应聘者连连告退。

有位老学究听闻此事，决心治治这“铁公鸡”。他特意到财主家应聘，对财主说：“老朽不才，茶饭随便。”财主笑问：“此话当真?”老学究拱手应道：“愿立字为据。”说罢，挥笔写下一张字据：“无鸡鸭也可无鱼肉也可。”财主暗喜：“无鸡鸭也可，无鱼肉也可。这样的先生到哪里找?”于是欣然聘老学究为先生。

到吃饭时，老学究见桌上摆着青菜萝卜，便拍桌抗议：“堂堂缙绅，竟如此不讲信用!”财主愕然问道：“先生怎么出尔反尔?”边说边掏出字据，欲与老学究对证。老学究夺过字据，用笔点了几下，然后说："走，上衙门打官司去！"

县令看了字据，当场斥责财主："白纸黑字写得清清楚楚，你还要赖，先打三十大板！"

原来，那张字据经老学究加点断句后，内容变成："无鸡，鸭也可。无鱼，肉也可。"

阅读点拨：中国古代文章中没有标点符号，诵读时要根据文义作停顿，有的读者还会用圈和点作标记，这就是断句。灯谜的顿读，就是一种特殊的断句方式。我们制作灯谜时，要善于利用顿读来改造谜面或谜底，以便形成别解和谜趣。

第18讲　如何开展灯谜活动

●谜宫初探

为何考场不许同桌（健康教育用语一，4字）

这是一则趣味性浓厚的灯谜，适合在群众性灯谜活动中使用。我们学习灯谜，应该做到学以致用，积极利用各种条件开展灯谜活动，让更多人分享猜谜的乐趣。下面我们一起来了解如何开展灯谜活动。

●谜宫探幽

一、灯谜活动的主要形式

近年来的灯谜活动，大至国际性、全国性大型谜会，小至单位、团体谜会，所采取的形式主要有以下四种：

（一）书面猜射

书面猜射通常叫“笔猜”，这种形式类似各学科的纸笔考试，就是将谜题印到纸质的答卷上，猜射者在答卷上填写谜底。书面猜射活动简捷易行，对场地、设备、人手的要求较低，适合经常性开展。

（二）电控竞猜

灯谜电控竞猜类似知识竞赛电控抢答，就是借助投影设备和电控装置，将谜题投射到白板、布幕或其他显示装置上，猜射者按铃争夺抢答权，并在规定时间内报出谜底。这种形式对场地、设备、人手的要求较高，但观赏性强，场面紧张激烈，非常受欢迎。近年来中央电视台、云南卫视等媒体以及中华灯谜学术委员会参与主办的各种大型灯谜比赛，大多采用了电控竞猜形式。

（三）悬谜展猜

悬谜展猜就是将灯谜书写在谜笺上，悬挂于活动场所，让人们猜射。如果谜笺上印有图案，字也漂亮，那么观赏效果会更好。悬谜展猜活动可以在群体内部进行，也可以面向群众征猜。广东、福建一些地方举办的悬谜展猜活动，经常以击鼓的方式来引导人们猜射。具体做法是：猜射者依次念出谜笺上书写的谜号、谜面和谜目，每念一部分，主持人敲一下鼓；说出的谜底如果正确，主持人敲两下鼓；然后，猜射者对谜面与谜底的扣合进行解释，若解释正确，主持人就再敲三下鼓，以“通通通”的鼓声表示猜中了。

（四）网络群猜

网络群猜是借助网络上的QQ群、微信群或“朋友圈”的即时互动功能，在特定的人群中开展的灯谜猜射和交流活动。这种活动充分利用了新媒体传播的快捷性、互动的实时性、信息的共享性、受众的广泛性等优势，因而成为一种时尚的灯谜活动形式。

二、开展灯谜活动应注意的问题

开展灯谜活动必须充分考虑时机、形式、谜题等因素，认真准备，精心组织，才能取得好的效果。从大的方面来讲，开展校园灯谜活动应把握以下几点：

（一）抓住各种时机开展活动

一些学校的学生灯谜社团的活动，往往是在青年节、儿童节时偶尔开展一下而已，活动的影响非常有限。其实，灯谜活动可以经常性开展。比如，平时可以配合学校、班级各个阶段开展的法制、安全、健康、环保、科技等主题教育组织灯谜活动，也可利用主题班会、第二课堂活动或综合实践活动等开展灯谜活动。此外，利用学校举办的校园文化节、综艺活动、演讲比赛、歌唱比赛等时机，穿插猜谜节目，也会收到画龙点睛的效果。

（二）采取灵活多样的活动形式

书面猜射、电控竞猜、悬谜展猜等形式，都可以用于校园灯谜活动。传统的灯谜活动，多采用悬谜展猜形式，这种形式具有现场气氛热烈且影响大的优点，可以作为较大规模的校园灯谜活动的主要形式。在校刊、墙报、广播、网站等设立灯谜征猜栏目，也是不错的选择。条件允许的话，可以举办班际或校际灯谜联谊赛、邀请赛、擂台赛，促进交流，共同提高。

（三）选用适合学生猜射的谜题

校园灯谜活动的谜题，必须突出校园特色。灯谜的题材，最好以各门课相关的知识为主，适当结合一些课外知识。谜题的来源，可以通过各种渠道搜集，也可以围绕主题进行创作。谜题的难度，最好是让同学们“跳一跳就能把果子摘下来”，使大家既动了脑筋，又猜对了谜底，这样才有乐趣。谜题的风格，应能体现思想性、知识性、趣味性和艺术性的统一，力求雅俗共赏，坚决摒弃低级趣味、内容不健康的庸俗灯谜。

（四）适当“走出去”和“请进来”

学生的灯谜活动，除了在校内开展，还要积极“走出去”，适当参加文化宫、少年宫或社会机构举办的灯谜活动。有条件的话，可以组队参加各地举办的中小学生灯谜赛事。学生灯谜社团还可以搜集或创作一些灯谜，到社区或文化场所，面向群众举行展猜活动。“走出去”有利于展示当代学生的精神风貌，锻炼同学们的社会实践能力。“请进来”就是邀请当地民间文艺家协会、灯谜协会的灯谜行家，或者邀请有灯谜专长的家长，到学校来传授谜艺和指导校园灯谜活动。

●小试牛刀

如果让你以爱国主义为主题，在单位、团体或班级中主持一场灯谜活动，你准备怎样组织？

●漫步谜宫

一、想一想

1. 你所在的学校有没有学生灯谜社团？你参加了吗？你认为学生灯谜社团应该怎样开展活动才能取得更好的效果？

2. 你所在的市、县（区）、镇（街道）有没有灯谜社团？他们一般在什么时间、什么地点开展灯谜活动？你觉得他们开展活动的做法有哪些值得我们借鉴？

二、试一试

以小组为单位，从法制、安全、健康、环保、科技五个主题中任选一个主题，围绕该主题搜集或创作20—30则灯谜，利用班会课或第二课堂活动时间轮流举行悬谜展猜活动。

●故事长廊

猜谜招亲

传说，清朝末年，云南大理有一个美女，叫温玉香。这姑娘不光长得漂亮，还心灵手巧，才华出众。当时，提亲的人络绎不绝，有不少公子少爷携带厚礼上门求婚，玉香一个都没答应。

为了找到如意郎君，聪明的玉香想出一个办法：猜谜招亲。招亲那天，场上来了二三百人。玉香先定下猜谜规则：由她说出谜语，男方以谜对谜，不可说出谜底。随后，玉香念出一谜："有嘴不能说话，成天只会喊妈，吃下青草绿叶，拉出一堆疙瘩。"这时，人群中走出一位眉清目秀、文质彬彬的男青年，朗声答道："此物最喜爬山，不能犁地耕田，加水便成汪洋，加鱼味道更鲜。"玉香一听，心花怒放，走近男青年，笑着说："你就是我的如意郎君。"

大家知道故事中两则谜的谜底是什么吗？

阅读点拨：上面故事中两人所说的谜，谜底都是"羊"。猜谜招亲之类的故事，一般只存在于民间传说中。但是，在当代，一些地方灯谜协会的会员就曾举办过别开生面的新婚谜会。其实，生活中有不少时机适合举行猜谜活动，如生日派对就可以办成小型谜会。

综合训练和测试

一、小试牛刀

快速阅读并猜射下列灯谜，测试你抢猜的反应速度。

1. 低头不见抬头见（字一，8 笔）
2. 垄上行（字一，少笔）
3. 享乐在后（字一，6 笔）
4. 恍然大悟（昆虫一，2 字）
5. 你有我没有，花有草没有（字一，少笔）
6. 江头相逢（字一，12 笔）
7. 后空翻（英文字母一）
8. 杨柳枝头（字一，12 笔）
9. 砍掉森林流失水（字一，11 笔）
10. 差一点（字一，4 笔）
11. 彩排（国名一，3 字）
12. 大口加小口（字一，8 笔）
13. 无头绪（字一，8 笔）
14. 花前约会（字一，9 笔）
15. 早有苗头（字一，9 笔）

二、漫步谜宫

独立猜射下列灯谜，测试你书面猜射的能力。

1. 留后路（体育项目一，2 字）
2. 言语温婉（体育项目一，2 字）
3. 巴掌大地方（字一，6 笔）
4. 哭声暂停（标点符号一，2 字）
5. 深谋远虑（财务名词一，2 字）
6. 清明前夕（节日名一，2 字）

7. 一个字，点点大，摸摸它，在帽下（字一，5 笔）
8. 垃圾堆里能找到（字一，少笔）
9. 赤子（《西游记》人物一，3 字）
10. 岁岁除夕来团聚（字一，5 笔）
11. 夜静悄悄（礼貌用语一，2 字）
12. 夜临峰前（字一，6 笔）
13. 台上献丑（字一，6 笔）
14. 清明节前后（字一，12 笔）
15. 红色之师（央视主持人一，2 字）
16. 世界就在脚下（体育项目一，2 字）
17. 甜甜蜜蜜还含羞（常用中药一，2 字）
18. 爱心接力二十载（字一，7 笔）
19. 同流合污反受损（字一，少笔）
20. 自驾出游乐呵呵（口语一，3 字）

三、同闯虎穴

以同伴互助方式猜射下列灯谜，并交流猜谜心得体会。

1. 提笔忘字（美术名词一，2 字）
2. 破格选人才（字一，7 笔）
3. 初为人母（婚俗名词一，2 字）
4. 为改革献计，义不容辞（法律名词一，2 字）
5. 称雄一时（古代称谓一，2 字）
6. 废水利用要推广，废渣仍可用一半（字一，8 笔）
7. 赛后双领先，一片颂扬声（字一，16 笔）
8. 只盼雾霾不要来（成语一，4 字）
9. 傻瓜才不懂得歇会儿（动画片一，5 字）
10. 调兵遣将有一套（音乐用具一，3 字）
11. 我心已明白（字一，10 笔）
12. 鸦雀无声（体育比赛用语一，2 字）
13. 见面就害羞（字一，4 笔）
14. 再次请求发言（会议报道用语一，4 字）
15. 奈何只余二（口语一，4 字）

16. 驴高栅栏低（字一，12 笔）
17. 独进两球，全取三分（字一，6 笔）
18. 撕掉中间就断开（字一，7 笔）
19. 看看心里平，其实跳不停（字一，8 笔）
20. 为政不正，理财无才，最终必然垮台（字一，8 笔）

四、过关斩将

以小组协作方式猜射以下五组谜题，合力闯过五关。

第一关：

1. 实在冰冷（食品一，2 字）
2. 晕头转向（字一，10 笔）
3. 皇太后不能做主（字一，5 笔）
4. 技术合作，不留一手，不留一点（字一，8 笔）
5. 机构改革向前进（字一，7 笔）

第二关：

6. 老公的娘也是娘（成语一，4 字）
7. 红颜已老劫后生（食品一，3 字）
8. 圆脸变长脸（食品一，2 字）
9. 行为端庄（体育项目一，2 字）
10. 知之为知之（节日一，2 字）

第三关：

11. 不知所云（字一，11 笔）
12. 用人纳言总不疑（字一，9 笔）
13. 产科会诊（学历名词一，3 字）
14. 换脚射门（离合字一，3 字）
15. 劝君莫减肥（礼貌用语一，3 字）

第四关：

16. 教钢琴（口语一·梨花格，2 字）
17. 合起来五句话（成语一，4 字）
18. 没了热情，有了醋味，更显敏感（牙膏品牌一，3 字）
19. 蒙头大睡损健康（法律名词一，3 字）
20. 闻者皆不疑（离合字一）

第五关：

21. 5＋3（字一，10 笔）

22. 一鞠躬，二鞠躬，三鞠躬（时间俗称一，3 字）

23. 三人的工作两人干（俗语一，6 字）

24. 山顶有一古村落（《西游记》地名一，3 字）

25. 一年之计在于春（离合字一）

五、学海拾贝

查阅有关资料，猜射下列灯谜。

1. 守信用（贵州城市一，2 字）
2. 高楼做店面（福建城市一，3 字）
3. 岩下栽杨柳（云南地名一，2 字）
4. 一叶翻飞入画中（福建县名一，2 字）
5. 保证夺冠（内蒙古城市一，2 字）
6. 说一说素食（文学名著简称一，2 字）
7. 青面兽遇豹子头（《水浒传》人物一，2 字）
8. 赢了不算（《水浒传》人物一，2 字）
9. 眼界开阔（《三国演义》人物一，4 字）
10. 红墙一角（古代历史事件一，4 字）
11. 山东剧团（古代发明家一，2 字）
12. 孤独之旅（古代著名僧人一，2 字）
13. 一掷出手就告捷（民族英雄一，3 字）
14. 话说孙中山（学科一，2 字）
15. 放眼世界（著名画家一，3 字）
16. 钱财本俗物（著名作家一，2 字）
17. 山东河南达成协议（凤凰卫视栏目一，4 字）
18. 孩子就要入学了（军衔二，2 字＋2 字）
19. 避免言之无物（军事设施一，3 字）
20. 阳光少男（青年钢琴家一，2 字）
21. 看上去漂亮又聪明（女歌手一，3 字）
22. 波澜乍起（著名网站一，2 字）
23. 欲擒故纵（校历用词一，2 字）

24. 植树时节无闲人（节气一·白头格，2 字）

25. 万里赴戎机（党史事件一，2 字）

谜体及谜法一览表

<table>
<tr><th rowspan="2">谜体</th><th rowspan="2">法门</th><th rowspan="2">具体谜法</th><th colspan="3">典型谜例</th></tr>
<tr><th>谜面</th><th>谜目</th><th>谜底</th></tr>
<tr><td rowspan="10">离合体</td><td rowspan="10">拆字法</td><td>合并法</td><td>八点、九点、十点</td><td>字</td><td>染</td></tr>
<tr><td>分解法</td><td>莘</td><td>成语</td><td>三十而立</td></tr>
<tr><td>增补法</td><td>点滴积累方有为</td><td>字</td><td>力</td></tr>
<tr><td>减损法</td><td>一落千丈</td><td>字</td><td>仗</td></tr>
<tr><td>包含法</td><td>党员高尚品格处处体现</td><td>字</td><td>口</td></tr>
<tr><td>方位法</td><td>离开城西赴垄上</td><td>明星</td><td>成龙</td></tr>
<tr><td>选拼法</td><td>半城柑橘半城梅</td><td>城市</td><td>桂林</td></tr>
<tr><td>移位法</td><td>人生有变，爱心犹在</td><td>字</td><td>牵</td></tr>
<tr><td>辗转法</td><td>盼望转干</td><td>交通工具</td><td>巴士</td></tr>
<tr><td>排除法</td><td>目字加两点，
不作貝字猜</td><td>繁体字</td><td>賀</td></tr>
<tr><td rowspan="5">会意体</td><td rowspan="5">会意法</td><td>正扣法</td><td>注意保护视力</td><td>口语</td><td>小心眼</td></tr>
<tr><td>反扣法</td><td>黑方告负</td><td>《水浒传》人物</td><td>白胜</td></tr>
<tr><td>夹击法</td><td>海空占优势</td><td>三国人物</td><td>陆逊</td></tr>
<tr><td>承启法</td><td>桃花潭水深千尺</td><td>成语</td><td>无与伦比</td></tr>
<tr><td>运典法</td><td>匡衡凿壁</td><td>礼貌语</td><td>借光</td></tr>
</table>

续表

谜体	法门	具体谜法	典型谜例		
			谜面	谜目	谜底
会意体	会意法	问答法	兄弟情同什么	字	捉
		漏字法	金木水火	字	坎
		运算法	说话十分得体	字	谢
		归纳法	江淮河汉	省名	四川
		分扣法	青峰巍然，黄河九曲	俗语	山不转水转
假借体	借代法	人物名称借代法	孔子墓	地理名词	丘陵
		事物名称借代法	这相思石烂海枯	食品名	豆腐干
		地域名称借代法	绿化北京	《水浒传》人物	燕青
		时间名称借代法	国庆恰逢初一	字	塑
		数字符号借代法	电池两极装反了	成语	以一当十
		年龄称谓借代法	三十出头	字	端
		朝代帝王借代法	开元盛世	著名影视演员	唐国强
		地支生肖借代法	庚午年怀孕	东南亚海峡	马六甲
		天干五行借代法	盼望秋天	著名作家	巴金
象形体	象形法	象物法	平地盖起三层楼	字	且
		象字法	初看以为是百官	美国建筑物	白宫
		影像法	湖中倒影	字	潮

续表

谜体	法门	具体谜法	典型谜例		
			谜面	谜目	谜底
拟声体	拟声法	象声法	听似猫儿叫两声	电影名	苗苗
		谐音法	犹闻钟鼓声	东北城市	丹东
		借音法	读英语数一数二	家用电器品牌	旺兔
混合体	混扣法	拆字＋会意	楼头风细细	字	栩
		拆字＋借代	点滴秋雨落田间	字	斜
		拆字＋象形	情急无心垂钓钩	字	静
	复扣法	简单复扣法	进取一生，开拓一生；终其一生，奉献一生	字	牛
		综合复扣法	四面环山，宜种粮棉	字	田
			西楼含泪听乡音	字	湘
			古城墙头听蛙声	字	凹
			失足摔倒才叫爹	字	跌
			并非远树起风声	字	丰

注：混扣法和复扣法的运用有很多种情形，表中仅列出其中一些情形的谜例。建议读者自己再搜集一些混扣法和复扣法的谜例，并分析它们的扣合特点。

附录

对中小学灯谜选修课教学的建议

中央电视台《中国谜语大会》热播后，更多的中小学校正在考虑将灯谜艺术引进课堂，并期盼有一本普遍适用的中小学灯谜选修课教程。因本书既适合初学灯谜者自学，也适合作为中小学灯谜选修课教程，因而在编写时充分考虑了中小学选修课教学的实际，既突出教程的普遍适用性，又为教师留下了教学创新的空间。下面从本书作为中小学灯谜选修课教学用书的角度，侧重提出两方面的教学建议。

一、灯谜教学要体现灵活性

本书作为教程，主要适用于小学 4 年级至中学阶段的灯谜选修课，但教学进度、难度掌控以及教学的方法方式应视学生的实际情况而定。

1. 要灵活安排课时。如果每周安排一堂灯谜课，那么剔除节日放假和期末复习检测时段，一个学期里面就差不多有 18 个课时。本书共 18 讲，刚好能够满足一个学期灯谜课教学的需要。当然，在条件允许的情况下，课时安排可以由 18 课时扩展到 36 课时，这只需将书中每一讲的教学内容分为两个课时来完成就可以了。

2. 要把灯谜课当作活动课来上。教师在课堂上的角色不应只是灯谜知识的传授者，更应该是课堂活动的设计者和组织者。课堂上一定要将讲与练、学与用结合起来，让学生多体验猜中灯谜的乐趣，并对学生进行即时正向强化，不断激发学生学习灯谜的积极性。

3. 要面向全体学生，兼顾个体差异。应根据学生的学习能力、学习效果等方面的差异，灵活调整课堂教学内容，合理掌控知识难度。课外作业的环节，除了运用书中练习题外，教师应根据实际情况自行设计练习，特别是要搜集相关谜题，对灯谜知识基础较好的学生进行强化训练，以满足学生的个性化需要。

二、灯谜教学要体现开放性

灯谜课是一门活动课，决定了灯谜教学必须坚持开放性原则。灯谜教学的开放性原则，必须落实到以下三个层面：

1. 开展综合实践活动。引导学生通过各种渠道搜集各类灯谜，培养学生的信息搜集能力。鼓励学生利用所集或所创作的灯谜，开展校园灯谜活动，养成乐于与人分享的好习惯。引导学生将猜谜活动引入家庭，带动家庭成员参与，扩大灯谜教学效应，促进家庭和谐。

2. 注重与其他学科的整合。将灯谜与各学科的学习结合起来，利用灯谜题材的广泛性，引导学生搜集与灯谜有关的各学科学习资料，促进学生学业成绩提高。

3. 创造条件“走出去”和“请进来”。“走出去”就是组织学生参加校外的一些灯谜活动，如文化宫、少年宫或各种社会机构举办的灯谜活动；“请进来”就是请当地民间文艺家协会、灯谜协会的专家学者到学校传授谜艺或指导活动。

教学中还应注意以下两点：一是淡化抽象性概念教学，着重围绕谜例剖析来帮助学生掌握猜谜制谜基本技巧，没有必要在理论阐述上花太多时间；二是文后的《谜体及谜法一览表》非常重要，一定要让学生熟记表中各种谜法名称及其典型谜例，因为这对学生整体上掌握猜谜制谜技巧很有帮助。

部分参考答案

第 1 讲　揭开灯谜的神秘面纱

【谜宫初探】

星

【小试牛刀】

1. 石　2. 口　3. 树　4. 九江　5. 发　6. 长沙　7. 自行车　8. 导弹

【漫步谜宫】

一、灯谜与脑筋急转弯题的主要区别：(1) 灯谜的谜目限定了谜底的范围，指示了猜射的方向；脑筋急转弯题的答案往往难以界定范围，寻找答案如大海捞针。(2) 灯谜的谜面与谜底的扣合严谨，合乎逻辑；脑筋急转弯题的答案往往难以令人信服。(3) 灯谜的谜底具有唯一性，即只有一个谜底；脑筋急转弯题往往有多个模糊的答案。

二、1. 亥　2. 虫　3. 则　4. 灵　5. 古　6. 妙　7. 百灵　8. 单打　9. 北大　10. 音乐("乐"别读为"lè")

第 2 讲　灯谜的体裁

【谜宫初探】

尹

【小试牛刀】

1. 讲　2. 扑　3. 观　4. 知了　5. 李白("自成"转指李自成)　6. 围城（汉堡是德国城市）　7. 公　8. 得分（马蹄声是"得"）

【漫步谜宫】

一、谜题 1、2 是离合体，谜题 3、4 是会意体，谜题 5、6 是假借体和会意体混合，谜题 7 是象形体，谜题 8 是拟声体和会意体混合

二、1. 父　2. 朝　3. 白　4. 跑道　5. 先生　6. 尘（弹丸之地是指小块土地）　7. 小说　8. 求爹爹告奶奶　9. 会（雁阵像"人"）　10. 引（箭的样子像"丨"）

第 3 讲　拆字法（一）

【谜宫初探】

重

【小试牛刀】

1. 叹　2. 茶　3. 毛竹　4. 面　5. 桁　6. 令　7. 字（加两点成"学"）　8. 庄

【漫步谜宫】

一、(略)

二、1. 斗("十"和两个点组成"斗")　2. 明　3. 朝　4. 豪　5. 口红（赤是红色）　6. 师　7. 冈　8. 是　9. 更　10. 枫

第 4 讲　拆字法（二）

【谜宫初探】

作

【小试牛刀】

1. 军　2. 尸　3. 悦（“说情”中去掉“讠”“青”）　4. 田（天旱则无雨）　5. 昂　6. 雷　7. 口　8. 也

【漫步谜宫】

一、（略）

二、（略）

三、1. 弓　2. 功　3. 几　4. 宠（“袭人”中没有“亻”“衣”就变成“龙”）　5. 仃　6. 催　7. 朋友　8. 霜　9. 月　10. 王

第 5 讲　拆字法（三）

【谜宫初探】

懒羊羊

【小试牛刀】

1. 节　2. 旷　3. 白（“昂”“向”都取上头部分然后合起来）　4. 品　5. 赤（“业”字翻转过来再加“十”）　6. 灯（“小”与“大”重新组合）　7. 什　8. 林（“林”加“火”成“焚”，加“氵”成“淋”）

【漫步谜宫】

一、（略）

二、1. 声　2. 社　3. 林　4. 孙　5. 朵　6. ×、=　7. 狮（“才”字弯曲变成“犭”）　8. 茶叶　9. 奈　10. 十

第 6 讲　会意法（一）

【谜宫初探】

加油站

【小试牛刀】

1. 西游记　2. 德国　3. 腰鼓（别解为“腰部鼓起来”）　4. 应用文　5. 济南（“济”有帮助之意）　6. 晚上见　7. 空姐（“空”意为“无”）　8. 中行（“行”别解为“可以”）

【漫步谜宫】

一、（略）

二、1. 生日快乐　2. 晚会　3. 粒粒皆辛苦　4. 淘宝（娃娃通常叫宝宝）　5. 语文　6. 差不多　7. 微信　8. 孙策　9. 午休　10. 高中部（顿读作“高/中部”）

第 7 讲　会意法（二）

【谜宫初探】

张亮（“张”有看的意思，“亮”指诸葛亮）

【小试牛刀】

1. 恐龙（别解为“害怕真龙”）　2. 白斩鸡（俗语：杀鸡给猴看）　3. 蝴蝶结（梁山伯和祝英台死后化成蝴蝶）　4. 受益人（启下法，以“渔翁得利”扣底）　5. 蹄（启下法，以“莫教枝上啼”扣底）　6. 跌（“跌”字拆开是“失足”）　7. 镇（“镇”字拆开是“真金”）　8. 十八大（十八岁后是大人）

【漫步谜宫】

一、（略）

二、1. 孔明（别解为“洞孔是明亮的”）　2. 武打　3. 痢（启下法，以“利于病”扣底）　4. 总得分（启下法，以“终须一别”扣底）

5. 人行便道（启下法，以“走的人多了，也便成了路”扣底） 6. 焱（启下法，以“三把火”扣底） 7. 焱（启下法，以“三把火”扣底） 8. 踟（“踟”字拆开是“知足”） 9. 杠（“杠”字拆开是“木工”） 10. 人参（“参”古同“叁”）

第8讲 会意法（三）

【谜宫初探】

十万个为什么

【小试牛刀】

1. 驷（“骏”是指骏马） 2. 毯（十分是一毛） 3. 十二生肖（别解为“十人中有二人生得相似） 4. 失水 5. 无锡 6. 消防通道（“消防”别解为“消除防备之心”） 7. 小题大做 8. 高中（“厉害”是指水平高）

【漫步谜宫】

一、（略）

二、1. 百合 2. 八戒 3. 寺（“寺”拆开是“十一寸”） 4. 陆游（“五”和“一”相加是“六”，“六”的大写是“陆”） 5. 青黄不接 6. 丢三落四 7. 四川 8. 二人转 9. 宋清 10. 中秋

第9讲 借代法（一）

【谜宫初探】

学霸（别解为“学习霸王”）

【小试牛刀】

1. 刘欢（玄德是刘备的字） 2. 肖邦（汉高祖是刘邦） 3. 马英九（桃花代马，含笑是花，“英”意即“花”） 4. 马致远（赤兔代马） 5. 董（相思代草） 6. 文虎（八股代文） 7. 鲁智深（山东代鲁） 8. 燕窝（北京代燕）

【漫步谜宫】

一、（略）

二、1. 江苏（宋公明是宋江） 2. 希（吕奉先是吕布） 3. 指鹿为马（梅花代鹿，桃花代马） 4. 主语（东方代主） 5. 桂（相思代木） 6. 泰山压顶（岳父代泰山） 7. 张学友 8. 黑龙江（云代龙，松花代江） 9. 黑（贵州是“黔”，去掉“今”就剩下“黑”） 10. 韩信（首尔是韩国首都）

第10讲 借代法（二）

【漫步谜宫】

女子双打（三八代女子，两打是二十四）

【小试牛刀】

1. 桂圆（农历八月别称桂月） 2. 方腊（十二月是腊月） 3. 爻 4. 芗 5. 散打（十二是一打） 6. 媳（三八是妇女节，放假是休息） 7. 奔（而立之年是三十岁） 8. 70后（古稀是70岁）

【漫步谜宫】

一、（略）

二、1. 十一干 2. 圣 3. 溯（初一是“朔”） 4. 打包 5. 小米（三尺是一米） 6. 双打（1212看作两个“12”） 7. 赵 8. 坐（“是”“非”分别代“＋”“－”） 9. 花（弱冠之年是二十岁） 10. 辐（“车”字拆开是“七十”）

第 11 讲　借代法（三）

【谜宫初探】

李时珍（唐代是李氏王朝）

【小试牛刀】

1. 李白　2. 朱自清（明朝是朱氏王朝）　3. 牛群（丑代牛）　4. 小丑　5. 缶（“午”加“山”）　6. 喜羊羊（乙未是羊年，“重逢”是提示取两个“羊”）　7. 籽　8. 湘

【漫步谜宫】

一、（略）

二、1. 唐僧（开元是唐朝年号）　2. 宋祖英（赵匡胤是宋太祖）　3. 柳（“株”扣“木”）　4. 酒　5. 庄子　6. 牛仔服　7. 术　8. 西游记　9. 炎　10. 燕青（北京代燕）

第 12 讲　象形法

【谜宫初探】

午（十二生肖中的“马”对应十二时辰中的“午”）

【小试牛刀】

1. 旦　2. 郝（旗飘扬的样子像“阝”）　3. 艺（鸭子的样子像“乙”）　4. QQ　5. 匝（“布”下边是“巾”）　6. 姜文（“美女”两字像“姜文”）　7. 希（篙的形状像“丿”）　8. 似

【漫步谜宫】

一、（略）

二、1. 心　2. 电（“猴”对应“申”，“申”最后一笔卷起来，即为“电”）　3. 矢　4. 关（星星看作两点）　5. 王（“排球”是提示排除掉“玉”字中的一点）　6. 佩（“风”“雨”两字中间清空，雁阵斜是提示“人”字倾斜）　7. 打光棍（12 是一打，“1”的形状像光溜溜的棍子）　8. 全（“玉人”字形像“王人”）　9. 88　10. 帚

第 13 讲　拟声法

【谜宫初探】

基隆（“鸡”读音同“基”，响雷的声音是“隆”）

【小试牛刀】

1. 旺旺、娃哈哈（狗叫声像“旺旺”，宝宝是娃娃，大笑的声音是“哈哈”）　2. 广东（锣和鼓的声音分别像“广”“东”）　3. 生（“生”读音像“声”，“生”有“不熟”的意思）　4. 肖（“肖”读音同“箫”）　5. 舒（“舒”读音同“书”）　6. 谷（“方”扣“口”，“谷”读音同“鼓”）　7. 宇（“宇”读音同“雨”）　8. 一（“一”在英语中是“one”，读音像“完”）

【漫步谜宫】

一、（略）

二、1. 天晓得（谜底顿读作“天晓/得”，马蹄声是“得”）　2. 古（“古”读音同“鼓”）　3. 福建（“福建”读音像“苻坚”）　4. 隆回（雷声是“隆”）　5. 取（“取”读音同“曲”）　6. 哇（“方”扣“口”，“哇”是啼哭的声音）　7. 乙（水上游的鹅样子像“乙”，“乙”读音同“一”）　8. 汁（“汁”读音同“知”）　9. i（“i”读音同“哀”）　10. 波音（拼音字母“b”读音同“波”）

第 14 讲　混扣法和复扣法

【谜宫初探】

默（不叫不吼是沉默，“黑”与“犬”组成“默”）

【小试牛刀】

1. 大　2. 蕾（“花含苞”是提义）　3. 斤　4. 桩（“大”扣“广”，“地”扣“土”，“春”扣“木”）　5. 孔子（“半夜”扣“子”，“三更”也扣“子”，“垂钓”的样子像“乚”）　6. 鸡（“叫犹急”是提示“鸡”字读音接近“叫”）　7. 封（“闻风声”是提示“封”读音同“风”）　8. 一（“为数虽少”是提义）

【漫步谜宫】

一、（略）

二、1. 一　2. 亚（“亚”加“心”成为“恶”，加“口”成为“哑”）　3. 乍　4. 大（“个”字变化成“大”，“真不小”是提义）　5. 旦（“才一日”是提义）　6. 是（“不敢非议”是提义）　7. 乌（“乌”字加进一点成为“鸟”）　8. 亟（“重团圆”是提示将有关字素组合起来，“意急切”是提义）　9. 咚（“方”扣“口”，击鼓的声音是“咚”）　10. 哈（“丹唇”扣“口”，“未启”扣“合”，“哈”是笑的一种声音）

第 15 讲　常见谜格的用法

【小试牛刀】

1. 盘古（依格读作“古盘”）　2. 地中海（依格读作“海中地”）　3. 交通银行（依格读作“交银通行”）　4. 公孙胜（依格读作“孙胜公”）　5. 吴用（依格谐读为“无用”）　6. 公分母（依格读作“分公母”，雄、雌分别是公、母）　7. 唐寅（唐与汉都是朝代　寅与子都是时辰）　8. 生肖·猪（生得像猪八戒，“肖”别解为“相似”）

【漫步谜宫】

一、（略）

二、1. 蒙古（依格读作“古蒙”）　2. 辛弃疾（依格读作“疾弃辛”，“辛”有辣的意思）　3. 邯郸（依格读作“甘单”，谜面别解为“不想成双成对”）　4. 李白（依格谐读为“里白”）　5. 等于（依格谐读为“等鱼”）　6. 丹麦（依格谐读为“单卖”）　7. 茉莉（依格读作“末利”，“末”意为最后）　8. 齐白石（白对黄，石对金）　9. 二人转（依格读作“二人车”，“车”拆开为“七十”）　10. 银行（依格读作“很行”）

第 16 讲　花色谜的猜射方法

【小试牛刀】

1. 关汉卿（别解为“关张汉卿”）　2. 行行出状元（第一个“行”是指行书，第二个“行”是指行走）　3. 关照（猜射时只需将台灯关掉就可以。“关照”别解为“关闭照明设备”）

【漫步谜宫】

一、（略）

二、1. 姑（画中是古女）　2. 对着干（别解为“对着干杯”）　3. 行云流水（“行”是指行书，“云”别解为“说话“）　4. 法正（“正”是

指正书，即楷书） 5. 石勇（“石”是指印石）

第 17 讲 怎样创作灯谜

【谜宫初探】

草莓

【小试牛刀】

1. 面底相犯 2. 面底相犯，没有别解 3. 谜面不成文 4. 一谜多底（可猜“愣”，也可猜“思”） 5. 闲字过多 6. 当头用典（怀抱石头投汨罗江的正是屈原） 7. 面底倒吊（“牡丹”可代“花”，但“花”不能代“牡丹”） 8. 褒贬失当 9. 逻辑漏洞（江边也有贝壳） 10. 字义误差（剑与刀不一样）

【漫步谜宫】

一、（略）

二、1. 没有别解 2. 谜面不成文 3. 面底相犯 4. 面底倒吊（“青”可代“色”，但“色”不能代“青”） 5. 褒贬失当 6. 一谜多底（可猜“轰”，也可猜“辆”） 7. 认错字形（“菏”与“荷”不同） 8. 字义误差（“美”与“洁”意思不同）

三、1. 联合国（“主”字改动后成为“玉”，“大方”别解为“大的方格”） 2. 孤掌难鸣 3. 帅哥 4. 宝盖头（“首”同义替换为“头”） 5. 大别山 6. 谁也不买谁的账（AA 制是指各自付账） 7. 反（飞刀的形状像“丿”） 8. 气球（空气流动形成风，“全世界”是指地球） 9. 狄（“狄”读音同“敌”） 10. 羞（“腼腆”是提义，“未”对应“羊”）

第 18 讲 如何开展灯谜活动

【谜宫初探】

预防近视（别解为“预防在近处窥视”）

【小试牛刀】

活动方案应考虑以下问题：如何围绕主题搜集和创作灯谜？准备以什么形式将谜题呈现给人们猜射？准备请哪些人帮助主持活动？准备怎样布置活动场地？是否准备发点小奖品？

【漫步谜宫】

（略）

综合训练和测试

一、小试牛刀

1. 抵 2. 土 3. 孙 4. 知了 5. 人 6. 湘 7. H 8. 森 9. 梳 10. 文（“差”扣“×”） 11. 以色列 12. 固 13. 者 14. 药 15. 草

二、漫步谜宫

1. 田径 2. 柔道 3. 尘（“巴掌大地方”是“小土”） 4. 顿号（“号”别解为“号哭”） 5. 会计（别解为“会打算”） 6. 元宵（清朝、明朝之前是元朝） 7. 头 8. 土（运用包含法） 9. 红孩儿 10. 出 11. 晚安 12. 岁 13. 牟（“丑”代“牛”） 14. 晴 15. 朱军 16. 足球 17. 甘草（“含羞”代“草”） 18. 劳 19. 亏（“反受损”是提义） 20. 开玩笑

三、同闯虎穴

1. 写生（“生”别解为“生疏”）

2. 财（“破格”是说“口”不完整） 3. 新娘（“母”扣“娘”） 4. 协议（“为”改革而成为“办”） 5. 公子（雄性是“公”） 6. 泼 7. 赞（一片颂扬是提义） 8. 望尘莫及（雾霾是尘粒） 9. 聪明的一休（运用反扣法） 10. 指挥棒（“棒”是好的意思） 11. 悟（“我”扣“吾”，“已明白”是提义） 12. 叫停（别解为“叫声停止”） 13. 月（“月”加“面”成“腼”，“害羞”是提义）

14. 重要讲话（“重”别解为“再”）

15. 没大没小（“奈”减掉“大”和“小”剩下“二”） 16. 骗（“栅栏”形状像“册”） 17. 伞（“独”扣“一”，“两球”扣两个点，“全”字中的“三”分离掉） 18. 折（“就断开”是提义） 19. 怦（“其实跳不停”是提义） 20. 败（垮台是失败）

四、过关斩将

第一关：1. 果冻 2. 晖 3. 玉（“不能做主”是排除猜“主”） 4. 枝 5. 秃（“向”字前头是“丿”）

第二关：6. 婆婆妈妈 7. 朱古力（“红颜”别解为“红的颜色”） 8. 拉面 9. 举重（行为是举动） 10. 清明（别解为“清楚明白”）

第三关：11. 谜（“不知”是“迷”，“云”有言语的意思） 12. 信（“总不疑”是提义） 13. 研究生（“生”别解为“生孩子”） 14. 易足踢（“易”有“换”的意思） 15. 请保重（“保重”别解为“保持体重”）

第四关：16. 捣蛋（谐读为“导弹”，意为指导弹琴） 17. 三言两语 18. 冷酸灵（运用分扣法） 19. 被害人 20. 信人言（相信人所言）

第五关：21. 积（“积”拆成“和八”） 22. 礼拜六（“礼拜”别解为“施礼祝拜”） 23. 一不做二不休（别解为“一人不做事，二人不休息”） 24. 高老庄 25. 十二月青（一年是十二个月，春属青）

五、学海拾贝

1. 遵义（别解为“遵守信义”）

2. 厦门市（“店面”也叫“门市”）

3. 石林 4. 古田（“叶”翻转成“古”） 5. 包头（别解为“包管头名”） 6. 聊斋（“斋”有素食的意思） 7. 杨林（青面兽是杨志，豹子头是林冲） 8. 白胜（“白”别解为“没有效果”） 9. 张辽 10. 赤壁之战（“角”别解为“角逐、争胜”） 11. 鲁班（剧团是戏班）

12. 一行（别解为“一人行路”）

13. 郑成功 14. 语文（孙中山名叫孙文） 15. 张大千（“大千”是“大千世界”的省称） 16. 金庸 17. 鲁豫有约（达成协议是指有了约定）

18. 少将、上校（谜底连读扣合谜面） 19. 防空洞（谜底顿读作“防/空洞”） 20. 郎朗（“朗”别解为“明朗”，“郎”别解为“少男”）

21. 张靓颖（“聪明”意为“颖慧”）

22. 新浪（“乍起”是新出现）

23. 放假（别解为“放过人是假的”）

24. 芒种（谐读为“忙种”，别解为“忙于种树”） 25. 长征（“赴戎机”是去征战）

后记

国学大师顾颉刚先生在他为钱南扬教授的《谜史》所作的序中说，灯谜是民众“智慧的钥匙”。但愿这本灯谜入门读本，能够为广大读者掌握灯谜这把“智慧的钥匙”起到指引门径的作用，并能够对全国各地中小学校的灯谜选修课教学有所助益。

在本书编写出版过程中，倪贵通、潘兴锐、徐燕君、林伟贤、李楠等师友帮助校对书稿，还有多位热心的朋友对内容编写提出宝贵意见，在此一并表示感谢！另外，本书从各种资料中摘录了部分灯谜作品，也选用了少量图片，谨向这些知名或不知名的作者致以谢忱！

因学力及资料所限，书中错漏难免，敬请灯谜艺术界、教育界专家批评指正！同时，欢迎各位读者和广大教师在阅读和使用过程中提出意见和建议，以便再版修订时参考。

编 者

2015 年 10 月